Translated Language Learning

Alice's Adventures in Wonderland

Alices Eventyr i Eventyrland

Lewis Carroll

English / Dansk

Down the Rabbit Hole
Ned i kaninhullet

Alice was beginning to get very tired
Alice var begyndt at blive meget træt
she was sitting by her sister on the grass bank
Hun sad ved siden af sin søster på græsbanken
but she had nothing to do
men hun havde ikke noget at gøre
her sister was reading a book
hendes søster læste en bog
once or twice Alice peeped into the book
en eller to gange kiggede Alice ind i bogen
but the book had no pictures or conversations in it
men bogen indeholdt ingen billeder eller samtaler
"what use is a book without pictures?," thought Alice
"Hvad nytter en bog uden billeder?", tænkte Alice
"why would a book have no conversations?"
"Hvorfor skulle en bog ikke have nogen samtaler?"
but she had other things to consider

men hun havde andre ting at overveje
"making a chain of daisies would be a pleasure"
"Det ville være en fornøjelse at lave en kæde af tusindfryd"
"but is it worth the effort of getting up and picking the daisies??"
"Men er det umagen værd at stå op og samle tusindfryd??"
this was not so easy to think about
Det var ikke så let at tænke på
because the day was making her feel sleepy and stupid
fordi dagen fik hende til at føle sig søvnig og dum
but suddenly her thoughts were interrupted
men pludselig blev hendes tanker afbrudt
a White Rabbit with pink eyes ran close by her
en hvid kanin med lyserøde øjne løb tæt forbi hende

There was nothing overly remarkable about the rabbit
Der var ikke noget alt for bemærkelsesværdigt ved kaninen
and Alice did not think the rabbit remarkable either
og Alice syntes heller ikke, at kaninen var bemærkelsesværdig
nor did it surprise her when the Rabbit spoke
det overraskede hende heller ikke, da kaninen talte

"Oh dear! I shall be too late!" he said to himself

"Åh kære! Jeg kommer for sent!" sagde han til sig selv

but then the Rabbit did something that rabbits didn't do

men så gjorde kaninen noget, som kaniner ikke gjorde

the Rabbit took a watch out of its waistcoat-pocket

kaninen tog et ur op af vestelommen

he looked at the time and then hurried on

Han kiggede på klokken og skyndte sig så videre

Alice got to her feet, in amazement

Alice rejste sig forbløffet

she had never seen a rabbit with a waistcoat before!

Hun havde aldrig set en kanin med vest før!

nor had she ever seen a rabbit with a watch!

hun havde heller aldrig set en kanin med ur!

Alice was burning with a new curiosity

Alice brændte af en ny nysgerrighed

and she ran across the field after the Rabbit

og hun løb over marken efter kaninen

she was just in time to see the rabbit disappear

Hun nåede lige at se kaninen forsvinde

the rabbit hopped down into a large rabbit-hole

Kaninen hoppede ned i et stort kaninhul

In another moment, down went Alice after the rabbit!

I et andet øjeblik gik Alice ned efter kaninen!

The rabbit-hole went straight on like a tunnel

Kaninhullet gik lige ud som en tunnel

and the tunnel kept going for some distance

og tunnelen fortsatte et stykke

and then the path suddenly dipped down

og så dykkede stien pludselig ned

Alice had not a moment to think about stopping herself

Alice havde ikke et øjeblik til at tænke på at stoppe sig selv

she found herself falling down and down and down

Hun fandt sig selv falde ned og ned og ned

it seemed as if she had fallen down a very deep well

det virkede, som om hun var faldet ned i en meget dyb brønd

Either the well was very deep, or she fell very slowly

Enten var brønden meget dyb, eller også faldt den meget
langsomt
because she had plenty of time to fall
fordi hun havde masser af tid til at falde
as she was falling she could look all around her
Da hun faldt, kunne hun se sig omkring
First, she tried to make out where she was going
Først forsøgte hun at finde ud af, hvor hun skulle hen
but the well was too dark to see anything
men brønden var for mørk til at se noget
then she looked at the sides of the well
Så kiggede hun på brøndens sider
and she noticed that there were cupboards all around her
og hun bemærkede, at der var skabe rundt om hende
and all around the well were book-shelves
og rundt om brønden var der bogreoler
here and there she saw maps and pictures hung upon pegs
Her og der så hun kort og billeder hængt på pinde
She took down a jar from one of the shelves as she passed
Hun tog en krukke ned fra en af hylderne, da hun gik forbi
the jar was labelled for its content
Krukken var mærket for sit indhold
"MARMALADE MADE FROM ORANGES"
"MARMELADE LAVET AF APPELSINER"
**but, to her great disappointment, the marmalade jar was
empty**
men til hendes store skuffelse var marmeladekrukken tom
she did not want to drop the empty marmalade jar
Hun ville ikke tabe den tomme marmeladekrukke
and her fall was very slow
og hendes fald var meget langsomt
**so she managed to put the marmalade jar into one of the
cupboards**
Så det lykkedes hende at sætte marmeladekrukken ind i et af
skabene
Down, down, down she fall!
Ned, ned, ned falder hun!

Would the fall ever come to an end?
Ville faldet nogensinde få en ende?
There was nothing else to do
Der var ikke andet at gøre
so Alice soon began talking to herself
så Alice begyndte snart at tale med sig selv
"Dinah will miss me very much tonight, I should think!"
"Dinah vil savne mig meget i aften, skulle jeg tro!"
Dinah was Alice's cat
Dinah var Alices kat
"I hope they'll remember her saucer of milk at tea-time"
"Jeg håber, de vil huske hendes underkop med mælk ved
tetid."
"Dinah, my dear, I wish you were down here with me!"
"Dinah, min kære, jeg ville ønske, at du var hernede med mig!"
Alice felt that she was dozing off
Alice følte, at hun var ved at døse hen
and then suddenly, thump! thump!
Og så pludselig dunk! Dunk!
down she fell upon a heap of sticks
Ned faldt hun på en bunke pinde
and she landed on a pile of dry leaves
og hun landede på en bunke tørre blade
and finally the long fall down the hole was over
og endelig var det lange fald ned i hullet forbi
Alice was not a bit hurt
Alice var ikke det mindste såret
and she jumped up within a moment
og hun sprang op i løbet af et øjeblik
She looked up, but it was all dark overhead
Hun kiggede op, men det var helt mørkt over hovedet
in front of her was another long corridor
Foran hende var endnu en lang korridor
and the White Rabbit was still in sight
og den hvide kanin var stadig i syne
he was hurrying down the corridor
Han skyndte sig ned ad gangen

There was not a moment to be lost
Der var ikke et øjeblik at spilde
off ran Alice like the wind
af løb Alice som vinden
around the corner turned the rabbit
Rundt om hjørnet vendte kaninen
she was just in time to hear the rabbit
Hun nåede lige at høre kaninen
""Oh, my ears and whiskers"
""Åh, mine ører og knurhår"
"how late it's getting!"
"Hvor det bliver sent!"
She was close behind the rabbit
Hun var tæt bag kaninen
she turned around another corner
Hun drejede rundt om et andet hjørne
but the Rabbit was no longer to be seen
men kaninen var ikke længere at se
She found herself in a long, low hall
Hun befandt sig i en lang, lav sal
the hall was lit up by a row of ceiling lamps
Salen blev oplyst af en række loftslamper
There were doors all around the hall
Der var døre rundt om gangen
but all the doors were locked
men alle døre var låst
she walked all the way down one side of the hall
Hun gik hele vejen ned ad den ene side af gangen
and she had walked all the way up the other side of the hall
og hun var gået hele vejen op på den anden side af gangen
she had tried every door
hun havde prøvet alle døre
and she walked sadly down the middle of the hall
og hun gik bedrøvet ned midt i gangen
"how am I ever going to get out again?"
"hvordan skal jeg nogensinde komme ud igen?"

Suddenly she came upon a little table
Pludselig kom hun til et lille bord
the table was made entirely of solid glass
Bordet var lavet udelukkende af massivt glas
There was nothing on the table but a tiny golden key
Der var intet på bordet andet end en lille gylden nøgle
the key might belong to one of the doors!
nøglen kan tilhøre en af dørene!
but, alas! some of the locks were too large for the keys
men ak! Nogle af låsene var for store til nøglerne
and for the other locks the key was too small
og til de andre låse var nøglen for lille
but, at any rate, the key opened none of the doors
men i hvert fald åbnede nøglen ingen af dørene
but what was she to do?
men hvad skulle hun gøre?
she went through the hall again
Hun gik gennem gangen igen

and this time she noticed a low curtain
og denne gang bemærkede hun et lavt forhæng
behind the curtain was a little door
Bag gardinet var der en lille dør
the door was about fifteen inches high
døren var omkring femten tommer høj
She tried the little golden key in the lock
Hun prøvede den lille gyldne nøgle i låsen
and to her great delight, the key fit in the lock!
og til hendes store glæde passede nøglen i låsen!
Alice opened the door
Alice åbnede døren
and she found the door led into a small corridor
og hun fandt døren ført ind til en lille korridor
the corridor was not much larger than a rat-hole
Korridoren var ikke meget større end et rottehul
she knelt down and looked along the corridor
Hun knælede ned og kiggede ud over korridoren
and she saw the loveliest garden you have ever seen
og hun så den dejligste have, du nogensinde har set
how she longed to get out of that dark hall
hvor hun længtes efter at komme ud af den mørke sal
how she wanted to wander among those bright flowers
hvor hun ønskede at vandre blandt de lyse blomster
how cool refreshing those fountains looked
hvor cool forfriskende disse springvand så ud
but she could not even get her head through the doorway
men hun kunne ikke engang få hovedet gennem døråbningen
"Oh," said Alice, mournfully
"Åh," sagde Alice sørgmodigt
"how I wish I could fold up like a telescope!"
"Hvor ville jeg ønske, at jeg kunne folde mig sammen som et teleskop!"
"I think I could fold up like a telescope"
"Jeg tror, jeg kunne folde mig sammen som et teleskop"
"if I only knew how to begin"
"hvis jeg bare vidste, hvordan jeg skulle begynde"

Alice went back to the table
Alice gik tilbage til bordet
there was the chance of finding another key
der var mulighed for at finde en anden nøgle
or there might be a book of rules
eller der kan være en bog med regler
the book could tell her how to fold up like a telescope
bogen kunne fortælle hende, hvordan hun skulle folde sig
sammen som et teleskop
This time she found a little bottle
Denne gang fandt hun en lille flaske
"this bottle certainly was not here before," said Alice
"Denne flaske var her bestemt ikke før," sagde Alice
and tied around the neck of the bottle was a paper label
og bundet om flaskehalsen var en papiretiket
the label was beautifully printed in large letters
Etiketten var smukt trykt med store bogstaver
"DRINK ME"
"DRIK MIG"
"No, I'll look first," she said
"Nej, jeg vil se først," sagde hun
"I'll see whether the bottle is marked as poisonous or not,"
"Jeg vil se, om flasken er mærket som giftig eller ej,"
because she never forgot the lesson about poison
fordi hun aldrig glemte lektien om gift
"if a bottle is labelled poisonous, it's bound to disagree with you"
"Hvis en flaske er mærket giftig, er den nødt til at være uenig med dig"
However, this bottle was not marked as poisonous
Denne flaske var dog ikke markeret som giftig
so Alice ventured to taste the content of the bottle
så Alice vovede at smage på flaskens indhold
she found the liquid quite to her liking
Hun fandt væsken helt efter hendes smag
the drink had a sort of mixed flavour
Drikken havde en slags blandet smag

cherry-tart, custard, and pineapple
kirsebærtærte, vaniljesaus og ananas
roast turkey, toffee, and toast with hot butter
stegt kalkun, karamel og toast med varmt smør
and she soon finished off the bottle
og hun blev snart færdig med flasken
"What a curious feeling!" said Alice
"Sikke en mærkelig følelse!" sagde Alice
"I am folding up like a telescope!"
"Jeg folder mig sammen som et teleskop!"
And she was folding up like a telescope indeed!
Og hun foldede sig sammen som et teleskop!
She was now only ten inches high
Hun var nu kun ti centimeter høj
and her face brightened up at her thoughts
og hendes ansigt lyste op ved hendes tanker
now she was the the right size for the little door
nu havde hun den rigtige størrelse til den lille dør
now she could go into that lovely garden
nu kunne hun gå ind i den dejlige have
soon she stopped getting smaller
Snart holdt hun op med at blive mindre
she decided on going into the garden at once
Hun besluttede sig for at gå ud i haven med det samme
but, alas for poor Alice!
men ak, for stakkels Alice!
she got to the door
Hun kom til døren
but she had forgotten the little golden key
men hun havde glemt den lille guldnøgle
she went back to the table for the key
Hun gik tilbage til bordet for at hente nøglen
but she found she could not reach high enough
men hun fandt ud af, at hun ikke kunne nå højt nok
she could see the key quite plainly through the glass
hun kunne se nøglen ganske tydeligt gennem glasset
she tried to climb up the legs of the table

Hun forsøgte at kravle op ad bordbenene
but the glass was far too slippery
men glasset var alt for glat
eventually she tired herself out with trying
Til sidst trættede hun sig selv med at prøve
and the poor little girl sat down and cried
og den stakkels lille pige satte sig ned og græd
Alice spoke to herself rather sharply
Alice talte temmelig skarpt til sig selv
"Come, there's no use in crying like that!"
"Kom, det nytter ikke noget at græde sådan!"
"I advise you to stop right this minute!"
"Jeg råder dig til at stoppe lige nu!"
She generally gave herself very good advice
Hun gav generelt sig selv meget gode råd
though she very seldom followed her own advice
selvom hun meget sjældent fulgte sit eget råd
and she sometimes was too harsh on herself
og hun var nogle gange for hård ved sig selv
and her words brought tears into her eyes
og hendes ord bragte tårer i hendes øjne
Soon her eye fell upon a little glass box
Snart faldt hendes blik på en lille glaskasse
the little glass box was lying under the table
Den lille glaskasse lå under bordet
in the glass box was a very small cake
I glaskassen lå en meget lille kage
on the cake some words were beautifully written
På kagen var der skrevet nogle smukke ord
the words had been marked in currants
Ordene var markeret med ribs
"EAT ME"
"SPIS MIG"
"Well, I'll eat the cake," said Alice
"Nå, jeg spiser kagen," sagde Alice
"and if the cake makes me grow larger, I can reach the key"
"og hvis kagen får mig til at vokse mig større, kan jeg nå

nøglen"
**"and if the cake makes me grow smaller, I can creep under
the door"**
"og hvis kagen får mig til at blive mindre, kan jeg krybe ind
under døren"
"so either way I'll get into the garden"
"så uanset hvad, kommer jeg ud i haven"
"and I don't care which of the two happens!"
"og jeg er ligeglad med, hvilken af de to der sker!"
She ate a little bit of the cake
Hun spiste en lille smule af kagen
and she anxiously spoke to herself:
og hun talte ængsteligt til sig selv:
"Which way? Which way?"
"Hvilken vej? Hvilken vej?"
and she held her hand on her head
og hun holdt sin hånd på sit hoved
she wanted to feel which way she was growing
hun ønskede at føle, hvilken vej hun voksede
she was quite surprised to find what had happened
Hun var ret overrasket over at finde ud af, hvad der var sket
she had remained the same size!
hun var forblevet den samme størrelse!
so this time she doubled her efforts
Så denne gang fordoblede hun sin indsats
and soon she finished off the whole cake
og snart blev hun færdig med hele kagen

"This is getting more and more interesting!" cried Alice

"Det her bliver mere og mere interessant!" råbte Alice

You can see she was very surprised

Du kan se, at hun var meget overrasket

"I'm opening out like the largest telescope there ever was!"

"Jeg åbner som det største teleskop, der nogensinde har været!"

"Good-bye, feet! Oh, my poor little feet"

"Farvel, fødder! Åh, mine stakkels små fødder"

"I wonder who will put on your shoes for you now, dears?"

"Gad vide, hvem der vil tage dine sko på for dig nu, kære?"

"and I wonder who will put on your stockings?"

"og jeg gad vide, hvem der vil tage dine strømper på?"

"I shall be a great deal too far away"

"Jeg vil være alt for langt væk"

"I won't be able trouble myself about you anymore"

"Jeg vil ikke være i stand til at bekymre mig om dig mere"

Just at this moment her head struck against something

Netop i dette øjeblik ramte hendes hoved mod noget

she had reached the roof of the hall

Hun var nået op på taget af hallen

in fact, she was now more than two meters tall

faktisk var hun nu mere end to meter høj

and she at once took up the little golden key

og hun tog straks den lille guldnøgle

and she hurried off to the garden door

og hun skyndte sig hen til havedøren

Poor Alice! There was not much she could do

Stakkels Alice! Der var ikke meget, hun kunne gøre

she laid down on one side

Hun lagde sig på den ene side

and she looked through into the garden with one eye

og hun så ud i haven med det ene øje

but to get through was more hopeless than ever

Men at komme igennem var mere håbløst end nogensinde

She sat down and began to cry again
Hun satte sig ned og begyndte at græde igen
She went on shedding gallons of tears
Hun blev ved med at fælde litervis af tårer
soon there was a large pool all around her
Snart var der en stor pool omkring hende
and the water reached half-way down the hall
og vandet nåede halvvejs ned ad gangen
After a time, she heard a little pattering of feet
Efter et stykke tid hørte hun en lille klapren af fødder
she heard the feet coming from the distance
hun hørte fødderne komme på afstand
and she hastily dried her eyes to see what was coming
og hun tørrede hurtigt sine øjne for at se, hvad der ville komme
It was the White Rabbit returning
Det var den hvide kanin, der vendte tilbage
he was splendidly dressed
han var pragtfuldt klædt
he had a pair of white gloves in one hand
Han havde et par hvide handsker i den ene hånd
and he had a large feather fan in the other hand
og han havde en stor fjervifte i den anden hånd
He came trotting along in a great hurry
Han kom travende af sted i stor fart
and he muttered to himself, "Oh! the Duchess, the Duchess!"
og han mumlede for sig selv: "Åh! hertuginden, hertuginden!"
"Oh! won't she be savage if I've kept her waiting!"
"Åh! vil hun ikke være vild, hvis jeg har ladet hende vente!"

When the Rabbit came near her, Alice spoke
Da kaninen kom hen til hende, talte Alice
but she spoke in a low, timid voice
men hun talte med en lav, frygtsom stemme
"sir, please stop what you're doing for one moment"
"Sir, vær venlig at stoppe med det, du laver et øjeblik"
The Rabbit startled violently
Kaninen forskrækkede voldsomt
he dropped the white gloves and the feather fan
Han smed de hvide handsker og fjerviften
and he scurried away into the darkness as fast as he could
og han skyndte sig ud i mørket, så hurtigt han kunne.
Alice picked up the feather fan and gloves
Alice samlede fjerviften og handskerne op
and she kept fanning herself while she kept talking
og hun blev ved med at vifte sig selv, mens hun blev ved med at tale
"Dear, dear! How strange everything is today!"
"Kære, kære! Hvor er alt mærkeligt i dag!"

"yesterday things went on just as usual"
"I går gik det som det plejede"
"Was I the same when I got up this morning?"
"Var jeg den samme, da jeg stod op i morges?"
"But if I'm not the same, there is another question"
"Men hvis jeg ikke er den samme, er der et andet spørgsmål"
"Who in the world am I?"
"Hvem i alverden er jeg?"
"Ah, that's the great puzzle!"
"Ah, det er det store puslespil!"
As she said this, she looked down at her hands
Mens hun sagde dette, kiggede hun ned på sine hænder
she was wearing one of the rabbits little white gloves
Hun havde en af kaninernes små hvide handsker på
she hadn't noticed she put the glove on while talking
Hun havde ikke bemærket, at hun tog handsken på, mens hun talte
"How can I have done that?" she thought
"Hvordan kan jeg have gjort det?" tænkte hun
"I must be growing small again"
"Jeg må være ved at blive lille igen"
She got up and went to the table to measure her height
Hun rejste sig og gik hen til bordet for at måle sin højde
she found that she was now about half a meter tall
Hun fandt ud af, at hun nu var omkring en halv meter høj
and she was still shrinking rapidly
og hun krympede stadig hurtigt
She soon found out what the cause of the shrinking was
Hun fandt hurtigt ud af, hvad årsagen til skrumpningen var
the feather fan was making her smaller again!
fjerviften gjorde hende mindre igen!
and she dropped the feather fan hastily
og hun tabte hurtigt fjerviften
she dropped the feather fan just in time to save herself
Hun tabte fjerviften lige i tide til at redde sig selv
had she fanned herself any longer she would have shrunk away entirely

hvis hun havde viftet sig længere, ville hun være skrumpet helt ind

"That was a narrow escape!" said Alice

"Det var en snæver flugt!" sagde Alice

and she was a good deal frightened at the sudden change

og hun var en hel del bange over den pludselige forandring

but she was very glad to find herself still in existence

men hun var meget glad for at finde sig selv stadig i eksistens

"And now, off to the garden!"

"Og nu ud i haven!"

And she ran with all speed back to the little door

Og hun løb med al hast tilbage til den lille dør

but, alas! the little door was shut again

men ak! den lille dør blev lukket igen

and the little golden key was lying on the glass table again

og den lille guldnøgle lå igen på glasbordet

"Things are worse than ever," thought the poor child

"Det er værre end nogensinde!" tænkte det stakkels barn

"I never was so small as this before, never!"

"Jeg har aldrig været så lille som før, aldrig!"

As she said these words, her foot slipped

Da hun sagde disse ord, gled hendes fod

and in another moment there was a great splash!

og i et andet øjeblik var der et stort plask!

she was up to her chin in salt-water

hun var op til hagen i saltvand

Her first idea was that she had somehow fallen into the sea

Hendes første idé var, at hun på en eller anden måde var faldet i havet

However, she soon realized what she was in

Hun indså dog hurtigt, hvad hun var i

she was in a pool of tears

Hun lå i en pøl af tårer

the tears she had wept when she was two meters tall

de tårer, hun havde grædt, da hun var to meter høj

Just then she heard something
Netop da hørte hun noget
something was splashing about in the pool
Noget plaskede rundt i poolen
the splashing came from a little way off
plasket kom fra et stykke væk
and she swam nearer to see what the splashing was
og hun svømmede nærmere for at se, hvad plasket var
she soon saw that it was only a little mouse
Hun så snart, at det kun var en lille mus
the little mouse had slipped in to the water too
Den lille mus var også gledet i vandet
Alice thought to herself about the situation
Alice tænkte ved sig selv over situationen
"Would it be of any use to speak to this mouse?"
"Ville det være til nogen nytte at tale med denne mus?"
"Everything is so up-side-down down here"
"Alt er så på hovedet her"
"I should think very likely this mouse can talk"
"Jeg vil tro meget sandsynligt, at denne mus kan tale"

"at any rate, there's no harm in trying"
"Der er i hvert fald ingen skade i at forsøge"
So she began trying to talk to the mouse
Så hun begyndte at prøve at tale med musen
"Oh Mouse, do you know the way out of this pool?"
"Åh mus, kender du vejen ud af denne pool?"
"I am very tired of swimming about here, Oh Mouse!"
"Jeg er meget træt af at svømme her, Oh Mouse!"
The mouse looked at her rather inquisitively
Musen kiggede temmelig nysgerrigt på hende
the mouse seemed to wink with one of its little eyes
musen syntes at blinke med et af sine små øjne
but the little mouse said nothing
men den lille mus sagde ikke noget
"Perhaps the mouse doesn't understand English," thought Alice
"Måske forstår musen ikke engelsk," tænkte Alice
"I dare say it's a French mouse"
"Jeg tør godt sige, at det er en fransk mus"
"perhaps this mouse came over with William the Conqueror"
"måske kom denne mus over med Vilhelm Erobreren"
So she began again, in French
Så begyndte hun igen, på fransk
"Where is my cat?" she asked in French
"Hvor er min kat?" spurgte hun på fransk
it was the first sentence in her French lesson-book
det var den første sætning i hendes fransklektionsbog
The Mouse gave a sudden leap out of the water
Musen sprang pludselig op af vandet
and the mouse seemed to quiver all over with fright
og musen syntes at skælve over det hele af skræk
"Oh, I beg your pardon!" cried Alice hastily
"Åh, jeg beder Dem undskylde!" råbte Alice hurtigt
she was afraid that she had hurt the poor animal's feelings
Hun var bange for, at hun havde såret det stakkels dyrs følelser
"I quite forgot you didn't like cats"

"Jeg glemte helt, at du ikke kunne lide katte"
"I don't like cats!" cried the Mouse in a shrill, passionate voice
"Jeg kan ikke lide katte!" råbte musen med skinger, lidenskabelig stemme
"Would you like cats, if you were me?"
"Ville du kunne lide katte, hvis du var mig?"
Alice comforted the mouse in a soothing tone
Alice trøstede musen i en beroligende tone
"Well, perhaps I would not like cats if I were you either"
"Nå, måske ville jeg heller ikke kunne lide katte, hvis jeg var dig"
"please don't be angry about the mention of cats"
"Vær ikke vred over omtalen af katte"
"And yet I wish I could show you our cat Dinah"
"Og alligevel ville jeg ønske, at jeg kunne vise dig vores kat Dinah"
"if you met her I think you'd take a fancy to cats"
"hvis du mødte hende, tror jeg, du ville have lyst til katte"
"if you could only see her"
"Hvis du bare kunne se hende"
"She is such a dear, quiet thing"
"Hun er sådan en kær, stille ting"
The mouse was shaking all over
Musen rystede over det hele
Alice felt certain the mouse must be really offended
Alice følte sig sikker på, at musen måtte være virkelig fornærmet
"We won't talk about her any more, if you'd rather not"
"Vi vil ikke tale mere om hende, hvis du hellere ikke vil"
"We, indeed!" cried the Mouse
"Ja, vi!" råbte musen
the mouse was trembling down to the end of its tail
musen skælvede ned til enden af halen
"As if I would talk on such a subject!"
"Som om jeg ville tale om sådan et emne!"
"Our family always hated cats"

"Vores familie hadede altid katte"
"cats; nasty, low, vulgar things!"
"katte; grimme, lave, vulgære ting!"
"Don't let me hear the name again!"
"Lad mig ikke høre navnet igen!"
"I won't mention cats again indeed!" said Alice
"Jeg vil ikke nævne katte igen!" sagde Alice
she was in a great hurry to change the subject
Hun havde meget travlt med at skifte emne
"Are you... are you fond of dogs?"
"Er du... Er du glad for hunde?"
"There is such a nice little dog near our house,"
"Der er sådan en dejlig lille hund i nærheden af vores hus,"
"I should like to show you the little dog!"
"Jeg vil gerne vise dig den lille hund!"
"this little dog kills all the rats and...
"Denne lille hund dræber alle rotterne og ...
"oh, dear!" cried Alice in a sorrowful tone
"Åh, kære!" råbte Alice i en sørgmodig tone
"I'm afraid I've offended you again!"
"Jeg er bange for, at jeg har fornærmet dig igen!"
the mouse was swimming away from her as fast as it could go
musen svømmede væk fra hende, så hurtigt den kunne gå
and the mouse made quite a commotion in the pool
og musen lavede noget postyr i dammen
So she called softly after the mouse
Så kaldte hun sagte efter musen
"my dear mouse, please come back!"
"Min kære mus, vær venlig at komme tilbage!"
"and we won't talk about cats"
"Og vi vil ikke tale om katte"
"and we don't have to talk about dogs either"
"Og vi behøver heller ikke at tale om hunde"
When the mouse heard this, it turned around
Da musen hørte dette, vendte den sig om
and the little mouse swam slowly back to her

og den lille mus svømmede langsomt tilbage til hende
the mouse's face was quite pale
musens ansigt var ganske blegt
and the mouse spoke, in a low, trembling voice
og musen talte med lav, skælvende stemme
"Let us get to the shore"
"Lad os komme til kysten"
"and then I'll tell you my history"
"og så skal jeg fortælle dig min historie"
"and you'll understand why it is I hate cats and dogs"
"og du vil forstå, hvorfor det er, at jeg hader katte og hunde"
It had become high time to go
Det var blevet på høje tid at tage af sted
because the pool was getting quite crowded
fordi poolen var ved at blive ret overfyldt
other birds and animals had fallen into the pool
andre fugle og dyr var faldet i bassinet
there were a Duck and a Dodo
der var en and og en dront,
and there was a Lory bird and an Eaglet
og der var en Lory-fugl og en ørn
and there were several other interesting looking creatures
og der var flere andre interessante væsener
Alice led the way out the pool
Alice førte vejen ud af poolen
and the whole party of animals swam to the shore
og hele flokken af dyr svømmede til kysten

A caucus race and a long tail

Et caucus-løb og en lang hale

They were indeed a funny-looking bunch of animals

De var virkelig en sjovt udseende flok dyr

and they all assembled on the water's bank

og de samledes alle på vandbredden

the birds all had bedraggled feathers

fuglene havde alle slæbte fjer

and the furry animals were soaked through

og de lodne dyr blev gennemblødt

and all were dripping wet, annoyed and uncomfortable

og alle var dryppende våde, irriterede og utilpas

there was one question that had to be answered first

Der var et spørgsmål, der skulle besvares først

what is the best way for everyone to get dry?

Hvad er den bedste måde for alle at blive tørre på?

They had a consultation about this matter

De havde en konsultation om denne sag

soon they were all on familiar terms

snart var de alle på familiær fod
it was as if she had known them all her life
det var, som om hun havde kendt dem hele sit liv
the mouse seemed to be a person of some authority
Musen syntes at være en person med en vis autoritet
"Sit down, all of you, and listen to me!
"Sæt jer ned, alle sammen, og lyt til mig!
I'll soon make you all dry again!"
"Jeg vil snart gøre jer alle tørre igen!"
They all sat down at once, in a large ring
De satte sig alle sammen på én gang, i en stor ring
and the little mouse sat in the middle
og den lille mus sad i midten
"Ahem!" said the mouse with an important air
"Ahem!" sagde musen med en vigtig mine
"Are you all ready?"
"Er I alle klar?"
"This is the driest thing I know"
"Det her er det tørreste, jeg kender"
"Silence all around, if you please!"
"Stilhed rundt omkring, om du vil!"
"William the Conqueror was favoured by the pope"
"Vilhelm Erobreren blev begunstiget af paven"
"but he was soon submitted to by the English"
"men han blev snart underkastet af englænderne"
"they wanted leaders of late"
"De ønskede ledere på det seneste"
"and they had been accustomed to power and conquest"
"og de havde været vant til magt og erobring"
"Edwin and Morcar, the Earls of Mercia and Northumbria"
"Edwin og Morcar, jarlerne af Mercia og Northumbria"
"Ugh!" said the lori bird, with a shiver
"Ugh!" sagde lorifuglen med en gysen
"and even Stigand, the patriotic archbishop of Canterbury"
"og selv Stigand, den patriotiske ærkebiskop af Canterbury"
"he also found it advisable"
"Han fandt det også tilrådeligt"

"What did he find advisable?" said the duck
"Hvad fandt han tilrådeligt?" sagde anden
"He found it advisable" the mouse replied rather crossly
"Han fandt det tilrådeligt," svarede musen temmelig skævt
but the duck was not satisfied
men anden var ikke tilfreds
"of course, you know what 'it' means"
"Selvfølgelig ved du, hvad 'det' betyder"
"I know what 'it' is when I find a thing," said the duck
"Jeg ved, hvad 'det' er, når jeg finder en ting!" sagde anden
"it's generally a frog or a worm"
"Det er generelt en frø eller en orm"
"The question is, what did the archbishop find?"
"Spørgsmålet er, hvad ærkebiskoppen fandt?"
The mouse did not notice this question
Musen bemærkede ikke dette spørgsmål
instead, the mouse hurriedly went on with the speech
I stedet fortsatte musen hurtigt med talen
"he found it advisable to go with Edgar Atheling"
"han fandt det tilrådeligt at gå med Edgar Atheling"
"to meet William and offer him the crown"
"at møde William og tilbyde ham kronen"
the mouse continued, turning to Alice as it spoke
musen fortsatte og vendte sig mod Alice, mens den talte
"How are you getting on now, my dear?"
"Hvordan går det med dig nu, min kære?"
"As wet as ever," said Alice in a melancholy tone
"Så våd som altid," sagde Alice i en melankolsk tone
"this story doesn't seem to dry me at all"
"Denne historie ser ikke ud til at tørre mig overhovedet"
"In that case," said the dodo solemnly, rising to its feet
"I så fald," sagde dronten højtideligt og rejste sig
"I vote that the meeting be adjourned"
"Jeg stemmer for, at mødet udsættes"
**"and I propose an immediate adoption of more energetic
remedies"**
"og jeg foreslår en øjeblikkelig vedtagelse af mere energiske

midler"
"Speak real words!" said the eaglet
"Tal rigtige ord!" sagde ørnen
"I don't know the meaning of half of those long words"
"Jeg kender ikke betydningen af halvdelen af de lange ord"
"and, what's more, I don't believe you know either!"
"og hvad mere er, jeg tror heller ikke, at du ved det!"
"What I was going to say," said the dodo in an offended tone
"Hvad jeg skulle sige," sagde dronten i en fornærmet tone
"the best thing to get us dry would be a caucus-race"
"Det bedste til at få os tørre ville være et caucus-løb"
"What is a caucus-race?" said Alice
"Hvad er en caucus-race?" sagde Alice

"Well," said the dodo, "the best way to explain it is to do it"
"Nå," sagde dronten, "den bedste måde at forklare det på er at gøre det."
"First the dodo marked out a race-course"
"Først markerede dronten en væddeløbsbane"
"the track was in a sort of circle"
"Nummeret var i en slags cirkel"
"and then all the party were placed along the course"
"og så blev hele selskabet placeret langs ruten"
There was no "One, two, three and away!"

Der var ikke noget "En, to, tre og væk!"
but they began running when they liked
men de begyndte at løbe, når de ville
and they also finished when they liked
og de blev også færdige, når de ville
so it was not easy to know when the race was over
Så det var ikke let at vide, hvornår løbet var slut
after half an hour or so of running they were all quite dry
Efter en halv times løb var de alle ret tørre
the dodo suddenly called out, "The race is over!"
dronten råbte pludselig: "Løbet er slut!"
and they all crowded around the dodo
og de stimlede alle sammen omkring dronten
all the animals were panting and puffing
alle dyrene gispede og pustede
and they all wanted to know, "But who has won?"
og de ville alle vide: "Men hvem har vundet?"
This question the dodo could not immediately answer
Dette spørgsmål kunne dronten ikke umiddelbart besvare
first he had to do a great deal of thinking
Først måtte han tænke meget
after much thinking, the dodo finally spoke
Efter mange overvejelser talte dronten endelig
"Everybody has won, and all must have prizes"
"Alle har vundet, og alle skal have præmier"
"But who is to give the prizes?" asked a chorus of voices
"Men hvem skal give præmierne?" spurgte et kor af stemmer
"Well, she, of course," said the dodo
"Nå, hun, selvfølgelig," sagde dronten
and the dodo pointed with one finger to Alice
og dronten pegede med en finger på Alice
and the whole party of animals crowded around her
og hele flokken af dyr stimlede sammen om hende
they called out, in a confused way, "Prizes! Prizes!"
råbte de på en forvirret måde: "Præmier! Præmier!"
Alice had no idea what to do
Alice anede ikke, hvad hun skulle gøre

in despair she put her hand into her pocket
I fortvivlelse stak hun hånden i lommen
and she pulled out a box of sweets
og hun trak en æske slik frem
luckily the salt-water had not got into the box
Heldigvis var saltvandet ikke kommet ind i kassen
and she handed the sweets around as prizes
og hun rakte slik rundt som præmier
There was exactly one piece for everyone
Der var præcis ét stykke til alle
The next thing they had to do was to eat the sweets
Det næste, de skulle gøre, var at spise slik
this caused some noise and confusion
Dette forårsagede en del støj og forvirring
the large birds complained that they could not taste their sweets
De store fugle klagede over, at de ikke kunne smage deres søde sager
the small ones choked and had to be patted on the back
de små blev kvalt og måtte klappes på ryggen
However, it was over at last
Men det var endelig slut
and they sat down again in a ring
og de satte sig igen i en ring
and they begged the mouse to tell them something more
og de bad musen om at fortælle dem noget mere
"You promised to tell me your history, you know," said Alice
"Du lovede at fortælle mig din historie, ved du," sagde Alice
and she made another little remark about cats in a whisper
og hun kom med endnu en lille bemærkning om katte i en hvisken
she didn't want to offend the mouse again
Hun ønskede ikke at fornærme musen igen
the little mouse turned to Alice and sighed
den lille mus vendte sig mod Alice og sukkede
"Mine is a long and a sad tale!"
"Min er en lang og trist historie!"

"It is a long tail, certainly," said Alice
"Det er bestemt en lang hale," sagde Alice
and she looked down with wonder at the mouse's tail
og hun så med forundring ned på musens hale
"but why do you call it a sad tail?"
"Men hvorfor kalder du det en trist hale?"
And she kept on puzzling about it while the mouse was speaking
Og hun blev ved med at pusle over det, mens musen talte
so that her idea of the tale was something like this
så hendes idé om fortællingen var noget i retning af dette

<pre>
        "Fury said to
       a mouse, That
         he met in the
           house, 'Let
             us both go
               to law: I
                will prosecute
                you.—
                 Come, I'll
                  take no denial:
                We must have
               the trial;
             For really
           this morning
        I've
        nothing
        to do.'
            Said the
              mouse to
                the cur,
                  'Such a
                    trial, dear
                      sir, With
                        no jury
                          or judge,
                           would
                          be wasting
                       our
                    breath."
                 'I'll be
               judge,
             I'll be
           jury,'
        said
        cunning
          old
             Fury;
               'I'll
                 try
                   the
                     whole
                       cause,
                        and
                         condemn
                        you to
              death.'"
</pre>

Fury said to a mouse, That he met in the house"
Raseri sagde til en mus, at han mødtes i huset."
Let us both go to law: I will prosecute you
Lad os begge gå rettens vej: Jeg vil retsforfølge dig

Come, I'll take no denial: We must have the trial
Kom, jeg vil ikke benægte: Vi må have retssagen
For really this morning I've nothing to do
For her til morgen har jeg ikke noget at lave
Said the mouse to the cur;
Sagde musen til forbandelsen;
**Such a trial, dear sir, With no jury or judge, would be
wasting our breath**
En sådan retssag, kære herre, uden jury eller dommer, ville
være at spilde vores ånde
"I'll be judge, I'll be jury," said cunning old Fury
"Jeg vil være dommer, jeg vil være jury," sagde den snedige
gamle Fury
I'll try the whole cause, and condemn you to death
Jeg vil prøve hele sagen og dømme dig til døden
the mouse spoke severely to Alice
musen talte hårdt til Alice
"You are not paying attention!"
"Du er ikke opmærksom!"
"What are you thinking of?"
"Hvad tænker du på?"
"I beg your pardon," said Alice very humbly
"Jeg beder Dem undskylde," sagde Alice meget ydmygt
"you had got to the fifth bend, I think?"
"Du var nået til det femte sving, tror jeg?"
"You insult me by talking such nonsense!"
"Du fornærmer mig ved at tale sådan noget vrøvl!"
and the mouse got up and walked away
og musen rejste sig og gik sin vej
Alice called after the little mouse
Alice kaldte på den lille mus
"Please come back and finish your story!"
"Kom tilbage og gør din historie færdig!"
And the others all joined in chorus
Og de andre sluttede sig alle til i kor
"Yes, please do finish your story!"
"Ja, vær venlig at afslutte din historie!"

But the mouse only shook its head impatiently
Men musen rystede kun utålmodigt på hovedet
and the little mouse walked a little quicker
og den lille mus gik lidt hurtigere
"I wish I had Dinah, our cat, here!" said Alice
"Jeg ville ønske, at jeg havde Dinah, vores kat, her!" sagde
Alice
This caused a remarkable sensation among the party
Dette vakte en bemærkelsesværdig sensation i partiet
Some of the birds hurried off at once
Nogle af fuglene skyndte sig straks af sted
and a Canary called out in a trembling voice, to its children;
og en kanariefugl råbte med skælvende stemme til sine børn;
"Come away, my dears!"
"Kom væk, mine kære!"
"It's high time you were all in bed!"
"Det er på høje tid, at I alle er i seng!"
with various excuses they all went away
Med forskellige undskyldninger gik de alle væk
and Alice was soon left alone
og Alice blev snart alene tilbage
"I wish I hadn't mentioned Dinah!"
"Jeg ville ønske, at jeg ikke havde nævnt Dinah!"
"Nobody seems to like her down here"
"Ingen ser ud til at kunne lide hende hernede"
"but I'm sure she's the best cat in the world!"
"men jeg er sikker på, at hun er den bedste kat i verden!"
Poor Alice began to cry again
Stakkels Alice begyndte at græde igen
because she felt very lonely and low-spirited
fordi hun følte sig meget ensom og nedtrykt
In a little while, however, she again heard something
Men lidt efter hørte hun igen noget
a little pattering of footsteps in the distance
Lidt klapren af fodtrin i det fjerne
and she looked up eagerly
og hun så ivrigt op

The rabbit sends in little Mr Bill
Kaninen sender lille hr. Bill ind

It was the white rabbit,trotting slowly back again

Det var den hvide kanin, der travede langsomt tilbage igen

he was looking about anxiously as he went

Han så sig ængsteligt omkring, mens han gik

he looked as if he had lost something

Han så ud, som om han havde mistet noget

Alice heard him muttering to himself

Alice hørte ham mumle for sig selv

"The Duchess! The Duchess! Oh, my dear paws!"

"Hertuginden! Hertuginden! Åh, mine kære poter!"

"Oh, my fur and whiskers!"

"Åh, min pels og knurhår!"

"She'll get me executed, I'm sure of that"

"Hun vil få mig henrettet, det er jeg sikker på"

"just as sure as ferrets are ferrets!"

"lige så sikkert som fritter er fritter!"

"Where can I have dropped my things, I wonder?"

"Hvor kan jeg have tabt mine ting, spekulerer jeg?"
Alice guessed in a moment what he was looking for
Alice gættede på et øjeblik, hvad han ledte efter
he was looking for the feather fan
Han ledte efter fjerviften
and he was looking for the pair of white gloves
og han ledte efter et par hvide handsker
so she very good-naturedly began looking for the gloves
Så hun begyndte meget godmodigt at lede efter handskerne
and she looked for the feather fan too
og hun kiggede også efter fjerviften
but the gloves and feather fan were nowhere to be seen
men handskerne og fjerviften var ingen steder at se
everything seemed to have changed since her swim in the pool
Alt syntes at have ændret sig siden hendes svømmetur i poolen
nothing was the same since she had been in the great hall
Intet var det samme, siden hun havde været i den store sal
and the glass table had vanished
og glasbordet var forsvundet
and the little door wasn't there either
og den lille dør var der heller ikke
Very soon the rabbit noticed Alice
Meget snart lagde kaninen mærke til Alice
he called to her in an angry tone
Han kaldte på hende i en vred tone
"Mary Ann, what are you doing out here?"
"Mary Ann, hvad laver du herude?"
"Run home this moment"
"Løb hjem i dette øjeblik"
"and fetch me a pair of gloves and a feather fan!"
"og hent mig et par handsker og en fjervifte!"
"and be quick about it!"
"Og vær hurtig med det!"
Alice spoke to herself as she ran off
Alice talte til sig selv, da hun løb væk

"He must have mistaken me for his housemaid!"
"Han må have forvekslet mig med sin stuepige!"
"How surprised he'll be when he finds out who I am!"
"Hvor bliver han overrasket, når han finder ud af, hvem jeg
er!"
As she said this, she came upon a neat little house
Da hun sagde dette, stødte hun på et nydeligt lille hus
on the door of the house was a bright brass plate
På døren til huset var der en lys messingplade
"W. RABBIT"
"W. KANIN"
She went in without knocking on the door
Hun gik ind uden at banke på døren
and she hurried straight upstairs
og hun skyndte sig lige ovenpå
she worried that she might meet the real Mary Ann
hun var bekymret for, om hun ville møde den rigtige Mary
Ann
because then she would be turned out of the house
for så ville hun blive smidt ud af huset
and she wouldn't be able to find the feather fan and gloves
og hun ville ikke kunne finde fjerviften og handskerne
Alice had found her way into a tidy little room
Alice havde fundet vej ind i et ryddeligt lille værelse
in the room was a table by the window
I rummet var der et bord ved vinduet
and on the table was a feather fan
og på bordet lå en fjervifte
and there were two or three pairs of tiny white gloves
og der var to eller tre par små hvide handsker
she picked up the feather fan and a pair of the gloves
Hun tog fjerviften og et par af handskerne
and she was just about to leave the room
og hun skulle lige til at forlade værelset
but then her eyes fell upon a little bottle
men så faldt hendes øjne på en lille flaske
She uncorked the bottle and put it to her lips

Hun åbnede flasken og satte den til sine læber
"I do hope it'll make me grow large again"
"Jeg håber virkelig, at det vil få mig til at vokse mig stor igen"
"I'm tired of being such a tiny little thing!"
"Jeg er træt af at være sådan en lillebitte ting!"
Alice had hardly drunk half the bottle
Alice havde næppe drukket halvdelen af flasken
her head was already pressing against the ceiling
hendes hoved pressede allerede mod loftet
and she had to stoop down
og hun måtte bøje sig ned
to save her neck from being broken
for at redde hendes nakke fra at blive brækket
She hastily put down the bottle
Hun satte hurtigt flasken fra sig
"That's quite enough"
"Det er nok"
"I hope I don't grow anymore"
"Jeg håber ikke, jeg vokser mere"
Alas! It was too late to wish that!
Ak! Det var for sent at ønske det!
She went on growing and growing
Hun blev ved med at vokse og vokse
and very soon she had to kneel down on the floor
og meget snart måtte hun knæle ned på gulvet
and even then she went on growing
og selv da fortsatte hun med at vokse
as a last resource she put one arm out of the window
Som en sidste ressource stak hun den ene arm ud af vinduet
and she put one foot up the chimney
og hun satte den ene fod op i skorstenen
"Now I can do no more, whatever happens"
"Nu kan jeg ikke mere, hvad der end sker"
"What will become of me?"
"Hvad skal der blive af mig?"

Alice had a spot of luck
Alice havde et øjeblik af held
the little magic bottle had had its full effect
Den lille magiske flaske havde haft sin fulde virkning
and Alice grew no larger than she was
og Alice blev ikke større, end hun var
After a few minutes she heard a voice outside
Efter et par minutter hørte hun en stemme udenfor
and she stopped to listen to the voice
og hun standsede for at lytte til stemmen
"Mary Ann! Mary Ann!" said the voice
"Mary Ann! Mary Ann!" sagde stemmen
"Fetch me my gloves this moment!"
"Hent mig mine handsker i dette øjeblik!"
Then came a little pattering of feet on the stairs
Så kom der en lille klapren af fødder på trappen
Alice knew it was the rabbit coming to look for her
Alice vidste, at det var kaninen, der kom for at lede efter
hende

and she trembled till she shook the house
og hun skælvede, indtil hun rystede huset
she quite forgot what her proportions were
hun glemte helt, hvad hendes proportioner var
she was a thousand times as large as the rabbit
hun var tusind gange så stor som kaninen
and she had no reason to be afraid of a rabbit
og hun havde ingen grund til at være bange for en kanin
Presently the rabbit came up to the door
Lidt efter kom kaninen hen til døren
and the little rabbit tried to open the door
og den lille kanin forsøgte at åbne døren
the door started to open inwards
Døren begyndte at åbne sig indad
but Alice's elbow was pressed hard against the door
men Alices albue blev presset hårdt mod døren
that attempt proved a failure
Det forsøg viste sig at være en fiasko
Alice heard the rabbit speak to himself
Alice hørte kaninen tale til sig selv
"Then I'll go around and get in through the window"
"Så går jeg rundt og kommer ind gennem vinduet"
"That you won't!" thought Alice
"Det vil du ikke!" tænkte Alice
and she waited a little again
og hun ventede lidt igen
soon she heard the rabbit just under the window
Snart hørte hun kaninen lige under vinduet
she suddenly spread out her hand
Hun rakte pludselig hånden ud
and she made a snatch in the air
og hun gjorde et ryk i luften
She did not get hold of anything
Hun fik ikke fat i noget
but she heard a little shriek and a fall
men hun hørte et lille skrig og et fald
and she heard a crash of broken glass

og hun hørte et brag af knust glas
perhaps the rabbit had fallen
måske var kaninen faldet
maybe he was in a green-house
måske var han i et drivhus
Next came an angry voice; the rabbit's voice
Dernæst kom en vred stemme; Kaninens stemme
"Pat, where are you?"
"Pat, hvor er du?"
And then came a voice she had never heard before
Og så kom en stemme, hun aldrig havde hørt før
"your honour, I'm here!"
"Deres ære, jeg er her!"
"I'm digging for apples"
"Jeg graver efter æbler"
"Here! Come and help me out of this!"
"Her! Kom og hjælp mig ud af det her!"
"Now tell me, Pat, what's that in the window?"
"Sig mig nu, Pat, hvad er det i vinduet?"
"Sure, your honour, I will tell you"
"Selvfølgelig, Deres ære, det skal jeg fortælle Dem"
"it's an arm that's in the window!"
"Det er en arm, der er i vinduet!"
"Well, an arm has no business there"
"Tja, en arm har ikke noget at gøre der"
"go and take the arm away!"
"Gå hen og tag armen væk!"
There was a long silence after this
Der var en lang stilhed efter dette
and Alice could only hear whispers now and then
og Alice kunne kun høre hvisken nu og da
and at last she spread out her hand again
og til sidst rakte hun hånden ud igen
and she made another snatch in the air
og hun lavede endnu et ryk i luften
This time there were two little shrieks
Denne gang lød der to små skrig

and there was more sounds of broken glass
og der var flere lyde af knust glas
"I wonder what they'll do next!" thought Alice
"Gad vide, hvad de vil gøre nu!" tænkte Alice
"I wish they would pull me out the window"
"Jeg ville ønske, at de ville trække mig ud af vinduet"
She waited for some time
Hun ventede et stykke tid
but for a while she didn't hear anything more
men i et stykke tid hørte hun ikke mere
At last came a rumbling of little wheels
Endelig kom der en rumlen af små hjul
and there came the sound of a good many voices
og der lød lyden af en hel del stemmer
all the voices were talking together
alle stemmerne talte sammen
She could make out some of the words
Hun kunne opdigte nogle af ordene
"Where's the other ladder?"
"Hvor er den anden stige?"
"Bill's got the other ladder"
"Bill har den anden stige"
"Bill, come here!"
"Bill, kom her!"
"Will the roof bear the load?"
"Vil taget bære byrden?"
"Who wants to go down the chimney?"
"Hvem har lyst til at gå ned ad skorstenen?"
"Nay, I shall not! You do it!"
"Nej, det vil jeg ikke! Du gør det!"
"Here, Bill!"
"Her, Bill!"
"The master says you've got to go down the chimney!"
"Mesteren siger, at du skal ned ad skorstenen!"
Alice drew her foot as far down the chimney as she could
Alice trak sin fod så langt ned i skorstenen, som hun kunne
and then she waited to see what was coming

og så ventede hun for at se, hvad der ville ske
she heard a little animal scratching and scrambling
Hun hørte et lille dyr, der kradsede og kravlede
the little animal must be in the chimney
Det lille dyr skal være i skorstenen
then she gave one sharp kick
Så gav hun et skarpt spark
and she waited to see what would happen next
og hun ventede for at se, hvad der nu ville ske
she heard a general chorus of voices
hun hørte et generelt kor af stemmer
"There goes Bill!" they all said
"Der går Bill!" sagde de alle sammen
then she heard the rabbit's voice alone
Så hørte hun kaninens stemme alene
"You by the hedge, catch him!"
"Du ved hækken, fang ham!"
there was another moment of silence
Der var endnu et øjebliks stilhed
and then there was another confusion of voices
og så var der endnu en forvirring af stemmer
"Hold up his head, Brandy"
"Hold hovedet op, Brandy"
"be careful not to choke him"
"Pas på ikke at kvæle ham"
"What happened to you?"
"Hvad skete der med dig?"
Last came a little feeble, squeaking voice
Til sidst kom en lille svag, knirkende stemme
"Well, I hardly know no more"
"Nå, jeg ved næsten ikke mere"
"thank you all, I'm better now"
"Tak til jer alle, jeg har det bedre nu"
"there is one thing I can remember"
"der er én ting, jeg kan huske"
"something comes at me like a train in a tunnel"
"Noget kommer imod mig som et tog i en tunnel"

"and up I fly like a sky-rocket!"
"og op flyver jeg som en raket!"
there was a minute or two of silence
Der var et minut eller to med stilhed
and then they began moving about again
og så begyndte de at bevæge sig rundt igen
and Alice heard the Rabbit speak again
og Alice hørte kaninen tale igen
"A barrowful will do, to begin with"
"En gravhøj vil være nok, til at begynde med"
"A barrowful of what?" thought Alice
"En gravhøj af hvad?" tænkte Alice
But she was not kept in suspense for long
Men hun blev ikke holdt i spænding længe
a shower of little pebbles came through the window
En byge af små småsten kom ind gennem vinduet
and some of the little pebbles hit her in the face
og nogle af de små småsten ramte hende i ansigtet
Alice was surprised about the little pebbles
Alice var overrasket over de små småsten
all the little pebbles were turning into cakes
alle de små småsten blev til kager
and a bright idea came into her head
og en lys idé kom til hendes hoved
"I should eat one of these cakes"
"Jeg burde spise en af disse kager"
"cake is sure to make some change in my size"
"kage vil helt sikkert ændre sig i min størrelse"
So she swallowed one of the cakes
Så slugte hun en af kagerne
and she was delighted to find that she began shrinking
og hun var glad for at opdage, at hun begyndte at skrumpe
ind
soon she was small enough to get through the door
snart var hun lille nok til at komme gennem døren
she ran out of the house
Hun løb ud af huset

a crowd of little animals and birds were waiting outside
En flok små dyr og fugle ventede udenfor
all the little birds and animals rushed at Alice
alle de små fugle og dyr styrtede mod Alice
but she ran off as fast as she could
men hun løb af sted så hurtigt hun kunne
and soon she found herself safe in a thick wood
og snart befandt hun sig i sikkerhed i en tæt skov
Alice wandered about in the woods
Alice vandrede rundt i skoven
and she thought to herself:
og hun tænkte ved sig selv:
"I know what I have to do first"
"Jeg ved, hvad jeg skal gøre først"
"first I have to grow to my right size again"
"Først skal jeg vokse til min rigtige størrelse igen"
"and then I have to find my way into that lovely garden"
"og så skal jeg finde vej ind i den dejlige have"
"I suppose I ought to eat or drink something or other"
"Jeg formoder, at jeg burde spise eller drikke et eller andet"
"but the question is what should I eat or drink?"
"men spørgsmålet er, hvad skal jeg spise eller drikke?"
Alice looked all around her at the flowers
Alice kiggede rundt på blomsterne
and she looked through the blades of grass
og hun så gennem græsstråene
but she could not see anything to eat or drink
men hun kunne ikke se noget at spise eller drikke
nothing looked like the right thing to eat or drink
Intet lignede det rigtige at spise eller drikke
There was a large mushroom growing near her
Der voksede en stor svamp i nærheden af hende
the mushroom was about the same height as Alice
svampen var omtrent samme højde som Alice
She stretched herself up on tiptoes
Hun strakte sig op på tæer
and she peeped over the edge of the mushroom

og hun kiggede ud over kanten af svampen
her eyes immediately met the eyes of a large blue caterpillar
Hendes øjne mødte straks øjnene på en stor blå larve
the caterpillar was sitting on the top of the mushroom
Larven sad på toppen af svampen
and the caterpillar had crossed all his arms
og larven havde lagt alle hans arme over kors
and he was quietly smoking a long hookah
og han røg stille en lang vandpibe
and he took not the smallest notice of anything
og han tog ikke den mindste notits af noget
and he certainly didn't pay attention to Alice
og han lagde bestemt ikke mærke til Alice

Advice from a caterpillar
Råd fra en larve
At last the caterpillar took the hookah out of its mouth
Til sidst tog larven vandpiben ud af munden
and he addressed Alice in a languid, sleepy voice
og han henvendte sig til Alice med en sløv, søvnig stemme
"Who are you?" said the caterpillar
"Hvem er du?" sagde larven

Alice replied, rather shyly, "I hardly know, sir"
Alice svarede temmelig genert: "Jeg ved det næsten ikke, sir"
"just at the moment it's all a bit..."
"Lige i øjeblikket er det hele lidt..."
"I know who I was when I got up this morning""
"Jeg ved, hvem jeg var, da jeg stod op i morges""
"but I think I must have changed several times since then"
"men jeg tror, jeg må have ændret mig flere gange siden da"

"What do you mean by that?" said the caterpillar
"Hvad mener du med det?" sagde larven
sternly the caterpillar asked her to explain herself
Strengt bad larven hende om at forklare sig
"I can't explain myself, I'm afraid, sir," said Alice
"Jeg kan ikke forklare mig, er jeg bange for, sir," sagde Alice
"because I'm not myself"
"fordi jeg ikke er mig selv"
"you see, being so many different sizes in a day is very confusing"
"Ser du, det er meget forvirrende at være så mange forskellige størrelser på en dag"
She pulled herself up and said very gravely:
Hun rejste sig op og sagde meget alvorligt:
"I think you ought to tell me who you are, first"
"Jeg synes, du skal fortælle mig, hvem du er, først"
"Why?" said the caterpillar
"Hvorfor?" sagde larven
Alice could not think of any good reason
Alice kunne ikke komme i tanke om nogen god grund
and the caterpillar seemed to be in a very unpleasant state of mind
og larven syntes at være i en meget ubehagelig sindstilstand
so she turned away
Så hun vendte sig bort
"Come back!" the caterpillar called after her
"Kom tilbage!" råbte larven efter hende
"I've something important to say!"
"Jeg har noget vigtigt at sige!"
Alice turned and came back again
Alice vendte sig om og kom tilbage igen
"Keep your temper," said the caterpillar
"Hold dit temperament!" sagde larven
"Is that all?" said Alice
"Er det alt?" sagde Alice
and she swallowed her anger as well as she could
og hun slugte sin vrede, så godt hun kunne

"No," said the caterpillar
"Nej," sagde larven
the caterpillar unfolded its arms
larven foldede sine arme ud
and he took the hookah out of his mouth again
og han tog vandpiben ud af munden igen
and he said, "So you think you're changed, do you?"
og han sagde: "Så du tror, du er forandret, gør du?"
"I'm afraid, I am changed, sir," said Alice
"Jeg er bange for, at jeg er forandret, sir," sagde Alice
"I can't remember things as I used to remember them"
"Jeg kan ikke huske ting, som jeg plejede at huske dem"
"and I don't stay the same size for more than ten minutes!"
"og jeg forbliver ikke den samme størrelse i mere end ti minutter!"
"What size do you want to be?" asked the caterpillar
"Hvilken størrelse vil du have?" spurgte larven
"Oh, I don't particularly mind what size I am," Alice hastily replied
"Åh, jeg er ikke særlig ligeglad med, hvilken størrelse jeg har," svarede Alice hurtigt
"I just don't like changing size so often, you know"
"Jeg kan bare ikke lide at skifte størrelse så ofte, du ved"
"I would like to be a little larger, sir"
"Jeg vil gerne være lidt større, sir"
"if you wouldn't mind," added Alice
"hvis du ikke har noget imod det," tilføjede Alice
"Ten centimetres is such a wretched height to be"
"Ti centimeter er sådan en elendig højde at være"
"It is a very good height indeed!" said the caterpillar angrily
"Det er virkelig en meget god højde!" sagde larven vredt
and he reared itself upright as he spoke
og han rejste sig oprejst, mens han talte
he was exactly ten centimetres high
Han var præcis ti centimeter høj
In a minute or two, the caterpillar got down off the mushroom

I løbet af et minut eller to kom larven ned af svampen

and he crawled away into the grass

og han kravlede væk i græsset

as he went away, he made some little remarks

Da han gik, kom han med nogle små bemærkninger

"One side will make you grow taller"

"Den ene side vil få dig til at vokse dig højere"

"and the other side will make you grow shorter"

"og den anden side vil få dig til at blive kortere"

"One side of what?" thought Alice to herself

"Den ene side af hvad?" tænkte Alice for sig selv

"The other side of what?"

"Den anden side af hvad?"

"the side of the mushroom," said the caterpillar

"Siden af svampen!" sagde larven

it was as if she had asked her question aloud

det var, som om hun havde stillet sit spørgsmål højt

and in another moment, he was out of sight

og i et andet øjeblik var han ude af syne

Alice remained looking thoughtfully at the mushroom

Alice blev ved med at kigge eftertænksomt på svampen

she was trying to make out which were the two sides of the mushroom

Hun prøvede at finde ud af, hvilke sider der var de to sider af svampen

At last she stretched her arms around the mushroom

Til sidst strakte hun armene om svampen

and she broke off a bit of the edges

og hun brækkede lidt af kanterne af

"And now, which side is which?" she said to herself

"Og hvilken side er nu hvilken?" sagde hun til sig selv

and she nibbled a little of the right-hand bit

og hun nappede lidt af den højre bit

The next moment she felt a violent blow underneath her chin

I næste øjeblik mærkede hun et voldsomt slag under hagen

her chin had struck her foot!

hendes hage havde ramt hendes fod!
She was a good deal frightened by this very sudden change
Hun blev en hel del skræmt af denne meget pludselige
ændring
she was shrinking very rapidly
Hun skrumpede meget hurtigt
so she quickly ate some of the other bit of mushroom
Så hun spiste hurtigt noget af den anden smule svamp
Her chin was pressed very closely against her foot
Hendes hage var presset meget tæt mod hendes fod
there was hardly room to open her mouth
der var knap nok plads til at åbne munden
but she did at last manage to open her mouth
men det lykkedes hende endelig at åbne munden
and she swallowed a morsel of the left-hand bit
og hun slugte en bid af det venstre bid
"my head's been freed at last!" said Alice
"Mit hoved er endelig blevet befriet!" sagde Alice
she looked down at herself
Hun kiggede ned på sig selv
but all she could see was an immense length of neck
men det eneste, hun kunne se, var en umådelig længde af
halsen
her neck seemed to rise like a stalk
hendes hals syntes at rejse sig som en stilk
and she looked down over a sea of green leaves
og hun så ned over et hav af grønne blade
"Where have my shoulders gotten to?"
"Hvor er mine skuldre blevet af?"
"And oh, my poor hands, how is it I can't see you?"
"Og åh, mine stakkels hænder, hvordan kan det være, at jeg
ikke kan se dig?"
but her neck did have one benefit
men hendes hals havde en fordel
she could move her head in any direction
Hun kunne bevæge hovedet i alle retninger
in fact, she was just like a serpent

faktisk var hun ligesom en slange
she gracefully zigzagged her head down
Hun zigzaggede yndefuldt hovedet ned
and she moved her head through the trees
og hun bevægede sit hoved mellem træerne
but then she heard a sharp hiss
men så hørte hun et skarpt hvæsen
and she quickly pulled her head back
og hun trak hurtigt hovedet tilbage
a large pigeon had flown into her face
En stor due var fløjet ind i hendes ansigt
and the pigeon was violently with its wings
og duen var voldsomt med sine vinger

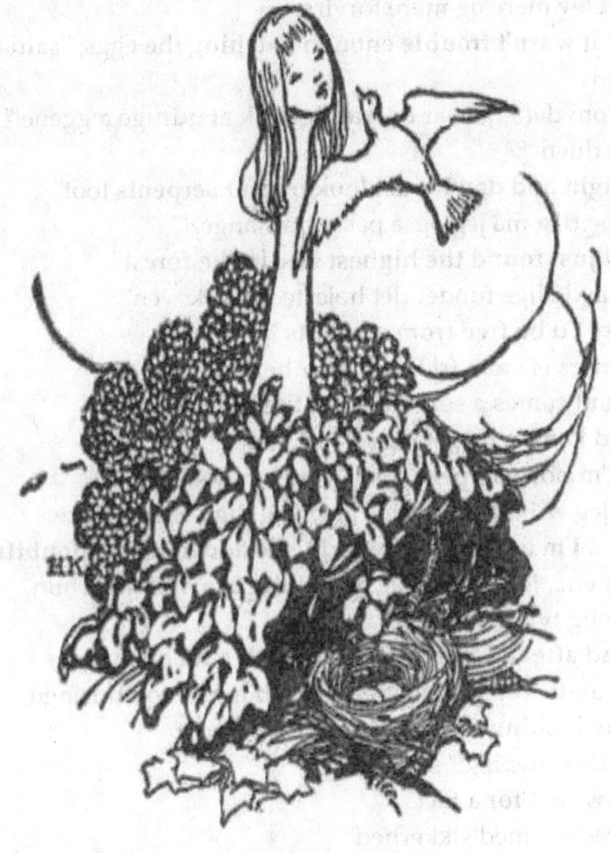

"Serpent!" cried the pigeon

"Slange!" råbte duen

"I'm not a serpent!" said Alice indignantly

"Jeg er ikke en slange!" sagde Alice indigneret

"Leave me alone!"

"Lad mig være i fred!"

"I've tried the roots of trees"

"Jeg har prøvet træernes rødder"

"and I've tried hedges," the pigeon went on

"og jeg har prøvet hække," fortsatte duen

"but those serpents! There's no pleasing them!"

"Men de slanger! Der er ikke noget, der behager dem!"

Alice was more and more puzzled

Alice blev mere og mere forvirret

"As if it wasn't trouble enough hatching the eggs," said the pigeon

"Som om det ikke var besværligt nok at udruge æggene!" sagde duen

"by night and day I must look out for serpents too!"

"Nat og dag må jeg også passe på slanger!"

"I had just found the highest tree in the forest"

"Jeg havde lige fundet det højeste træ i skoven"

"surely I'd be free from serpents here?"

"Jeg ville vel være fri for slanger her?"

"and out comes a serpent from the sky!"

"Og ud kommer en slange fra himlen!"

"But I'm not a serpent, I tell you!" said Alice

"Men jeg er ikke en slange, siger jeg dig!" sagde Alice

"I'm a... I'm a... I'm a little girl," she added rather doubtfully

"Jeg er en... Jeg er en... Jeg er en lille pige," tilføjede hun temmelig tvivlende

she had after all been going through a lot of changes

Hun havde trods alt gennemgået en masse forandringer

"You're looking for eggs," said the pigeon

"Du leder efter æg!" sagde duen

"I know that for a fact"

"Det ved jeg med sikkerhed"

"and what does it matter if you're a little girl or a serpent?"

"Og hvad betyder det, om du er en lille pige eller en slange?"

"It matters a good deal to me," said Alice hastily

"Det betyder en hel del for mig," sagde Alice hurtigt

"but I'm not looking for eggs, as it happens"

"men jeg leder ikke efter æg, som det sker"

"and I wouldn't want your eggs anyway"

"og jeg vil ikke have dine æg alligevel"

"I don't like my eggs raw"

"Jeg kan ikke lide mine æg rå"

"Well, be off then!" said the pigeon in a sulky tone

"Nå, så gå af!" sagde duen i en surmulende tone

and the pigeon settled down again into its nest

og duen slog sig ned i sin rede igen

Alice crouched down among the trees as well as she could

Alice krøb sammen mellem træerne, så godt hun kunne

her neck kept getting entangled among the branches

hendes hals blev ved med at blive viklet ind mellem grenene

every now and then she had to stop and untwist her neck

Af og til måtte hun stoppe op og vride nakken

After awhile she remembered the mushroom

Efter et stykke tid huskede hun svampen

she still held the pieces of mushroom in her hands

Hun holdt stadig svampestykkerne i sine hænder

and she set to work very carefully

og hun gik meget forsigtigt i gang med arbejdet

first she nibbled at one piece

først nippede hun i et stykke

and then she nibbled at the other piece

og så nippede hun til det andet stykke

sometimes she grew taller

Nogle gange blev hun højere

and sometimes she grew shorter

og nogle gange blev hun kortere

but finally she achieved her usual height

men endelig opnåede hun sin sædvanlige højde

she hadn't been her own height for some time

hun havde ikke været sin egen højde i nogen tid
so everything felt strange for a while
Så alt føltes mærkeligt i et stykke tid
"The next thing to do is to get into that beautiful garden"
"Den næste ting at gøre er at komme ind i den smukke have"
"how is that to be done, I wonder?"
"hvordan skal det gøres, spekulerer jeg?"
As she said this, she came upon an open place
Da hun sagde dette, kom hun til et åbent sted
there was a little house, a bit higher than a metre
Der var et lille hus, lidt højere end en meter
"I wonder who lives in this little house"
"Gad vide, hvem der bor i dette lille hus"
"I certainly can't go in as big as I am"
"Jeg kan bestemt ikke gå ind så stort, som jeg er"
"I would frighten them terribly!"
"Jeg ville skræmme dem frygteligt!"
so she nibbled at the little mushroom again
Så hun nappede i den lille svamp igen
and soon she brought herself down thirty centimetres
og snart bragte hun sig selv ned tredive centimeter

A pig and some pepper
En gris og lidt peber
For a minute or two she stood looking at the house
I et minut eller to stod hun og kiggede på huset
suddenly a footman came running out of the woods
Pludselig kom en fodmand løbende ud af skoven
he was wearing a special livery uniform
Han var iført en særlig uniform.
judging by his face only, she would have called him a fish
At dømme kun efter hans ansigt ville hun have kaldt ham en fisk
and he rapped loudly at the door with his knuckles
og han bankede højlydt på døren med sine knoer
the door was opened by another footman
Døren blev åbnet af en anden fodgænger
this footman too was wearing a special livery
Denne fodmand var også iført en særlig bemaling
this footman had a round face and large eyes like a frog
Denne fodmand havde et rundt ansigt og store øjne som en frø

The footman that looked like a fish initiated the ceremony
Fodfolket, der lignede en fisk, indledte ceremonien
he pulled out something from under his arm
Han trak noget ud under armen
and he pulled out from under his arm an envelope
og han trak en konvolut frem under armen
and this envelope he handed over to the other footman
og denne konvolut rakte han til den anden fodmand
in a ceremonious tone he told him the orders
i en højtidelig tone fortalte han ham ordrerne
"This message is for the Duchess"
"Dette budskab er til hertuginden"
"An invitation from the queen to play croquet"
"En invitation fra dronningen til at spille kroket"
The footman that looked like a frog repeated the order
Fodfolket, der lignede en frø, gentog ordren
"from the queen"
"Fra dronningen"
"an invitation"
"en invitation"
"for the Duchess"
"for hertuginden"
"playing croquet"
"At spille kroket"
Then they both bowed low
Så bøjede de sig begge dybt
and the curls in their wigs got entangled together
og krøllerne i deres parykker blev viklet ind i hinanden
soon the footman that looked like a fish was gone
Snart var fodfolket, der lignede en fisk, væk
but the footman that looked like a frog was still there
men fodfolket, der lignede en frø, var der stadig
he was sitting on the ground near the door
Han sad på jorden nær døren
he was staring stupidly up into the sky
Han stirrede dumt op i himlen
Alice went timidly up to the door and knocked

Alice gik frygtsomt hen til døren og bankede på

"There's no use in knocking," said the footman

"Det nytter ikke noget at banke på," sagde fodfolket

"and that is for two reasons"

"Og det er af to grunde"

"First, because I'm on the same side of the door as you are"

"For det første fordi jeg er på samme side af døren som dig"

"secondly, because they're making so much noise inside"

"For det andet fordi de larmer så meget indeni"

"no one could possibly hear you"

"Ingen kunne umuligt høre dig"

And there certainly was a most extraordinary noise going on within

Og der foregik bestemt en højst usædvanlig støj indeni

a constant howling and sneezing

en konstant hylen og nys

and every now and then a sound of great crashing

og nu og da en lyd af store brag

as if a dish or kettle had been broken to pieces

som om en skål eller kedel var blevet brudt i stykker

"How am I to get in?" asked Alice

"Hvordan skal jeg komme ind?" spurgte Alice

"Should you get in at all?" said the footman

"Skal du overhovedet komme ind?" sagde fodfolket

"That's the first question, you know"

"Det er det første spørgsmål, du ved"

Alice opened the door and went in

Alice åbnede døren og gik ind

The door led right into a large kitchen

Døren førte lige ind i et stort køkken

the kitchen was full of smoke from one end to the other

Køkkenet var fyldt med røg fra den ene ende til den anden

in the middle of the kitchen was the Duchess

midt i køkkenet stod hertuginden

she was sitting on a three-legged stool

Hun sad på en trebenet skammel

and she was nursing a baby

og hun ammede et barn
the cook was leaning over the fire
Kokken lænede sig ind over ilden
he was stirring a large caldron
Han rørte i en stor caldron
and the caldron seemed to be full of soup
og caldron syntes at være fuld af suppe
"There's certainly too much pepper in that soup!" Alice said to herself
"Der er helt sikkert for meget peber i den suppe!" sagde Alice til sig selv
she said it as best she could without sneezing
Hun sagde det, så godt hun kunne, uden at nyse
Even the Duchess sneezed occasionally
Selv hertuginden nyste af og til
but the baby's actions were the most noteworthy
men babyens handlinger var de mest bemærkelsesværdige
the baby was sneezing and howling alternately
Babyen nyste og hylede skiftevis
there was not a moment's pause between howling and sneezing
Der var ikke et øjebliks pause mellem hyl og nys
There were two creatures in the kitchen that did not sneeze
Der var to væsner i køkkenet, der ikke nyste
the cook was too busy to sneeze
kokken havde for travlt til at nyse
and the large cat did not seem to mind the pepper
og den store kat så ikke ud til at have noget imod peberfrugten
instead, the large cat was grinning from ear to ear
I stedet grinede den store kat fra øre til øre
"Please would you tell me," said Alice, a little timidly
"Vil du fortælle mig det," sagde Alice lidt frygtsomt
"why is your cat grinning like that?"
"Hvorfor griner din kat sådan?"
"It's a Cheshire-Cat," said the Duchess
"Det er en Cheshire-kat," sagde hertuginden

"and that's why he's grinning from ear to ear"
"Og det er derfor, han griner fra øre til øre"
"I didn't know that a Cheshire-Cat always grinned"
"Jeg vidste ikke, at en Cheshire-kat altid grinede"
"in fact, I didn't know that cats could grin," said Alice
"faktisk vidste jeg ikke, at katte kunne grine," sagde Alice
"there is much you don't know," said the Duchess
"Der er meget, du ikke ved," sagde hertuginden
"there is much you don't know and that's a fact"
"Der er meget, du ikke ved, og det er en kendsgerning"
Just then the cook took the caldron of soup off the fire
Netop da tog kokken suppegryden af ilden
and at once she started throwing everything within her reach
og straks begyndte hun at kaste alt inden for sin rækkevidde
she threw everything she could at the Duchess and the babe
hun kastede alt, hvad hun kunne, efter hertuginden og barnet
first she threw the fire-irons
først kastede hun ildjernene
then she threw a handful of saucepans
Så kastede hun en håndfuld gryder
and finally she threw the plates and dishes
og til sidst kastede hun tallerkenerne og fadet
The Duchess took no notice of her
Hertuginden tog ikke notits af hende
even when she was hit by a plate she did not worry
selv når hun blev ramt af en tallerken, bekymrede hun sig ikke
the baby was already howling so much
babyen hylede allerede så meget
so it was impossible to say whether the blows hurt the baby
or not
Så det var umuligt at sige, om slagene gjorde ondt på barnet
eller ej
"Oh, please mind what you're doing!" cried Alice
"Åh, vær så venlig at passe på, hvad du laver!" råbte Alice
and she jumped up and down in an agony of terror
og hun hoppede op og ned i en angst af rædsel
the Duchess offered Alice the baby

hertuginden tilbød Alice barnet
"Here! You may nurse the baby a bit, if you like!"
"Her! Du kan amme barnet lidt, hvis du vil!"
and she flung the baby at her as she spoke
og hun kastede barnet efter sig, mens hun talte
"I must go and get ready to play croquet with the queen"
"Jeg må gå og gøre mig klar til at spille kroket med
dronningen"
and she hurried out of the room
og hun skyndte sig ud af værelset
Alice caught the baby with some difficulty
Alice fangede barnet med noget besvær
because it was a very odd-shaped little creature
fordi det var et meget mærkeligt formet lille væsen
and the baby held out its arms and legs in all directions
og barnet rakte sine arme og ben ud i alle retninger
"I better take this child away with me," thought Alice
"Jeg må hellere tage dette barn med mig," tænkte Alice
"they're sure to kill this baby in a day or two"
"De er sikre på at dræbe denne baby i løbet af en dag eller to"
"Wouldn't it be murder to leave this baby behind?"
"Ville det ikke være mord at efterlade denne baby?"
She said the last words out loud
Hun sagde de sidste ord højt
and the little thing grunted in reply
og den lille ting gryntede som svar
"you best not turn into a pig, my dear," said Alice
"Du må hellere lade være med at blive til et svin, min kære,"
sagde Alice
"or else I'll have nothing more to do with you"
"ellers har jeg ikke mere med dig at gøre"
Alice was just beginning to think to herself:
Alice var lige begyndt at tænke ved sig selv:
**"Now, what am I to do with this creature, when I get it
home?"**
"Hvad skal jeg nu gøre med dette væsen, når jeg får det hjem?"
but then the little creature grunted a little violently

men så gryntede det lille væsen lidt voldsomt
and Alice looked down into its face in some alarm
og Alice så ned i dens ansigt i en vis forskrækkelse
This time there could be no mistake about it
Denne gang kunne der ikke være nogen tvivl om det
it was neither more nor less than a pig
det var hverken mere eller mindre end en gris
so she set the little creature down
Så satte hun det lille væsen ned
and the little creature trot away quietly into the wood
og det lille væsen travede stille væk i skoven
Alice felt quite relieved to see the creature go
Alice følte sig ret lettet over at se væsenet forsvinde
Alice was a little startled by seeing the Cheshire-Cat
Alice blev lidt forskrækket over at se Cheshire-katten
it was sitting on a bough of a tree a few yards off
den sad på en gren af et træ et par meter væk
The cat only grinned when it saw her
Katten grinede kun, da den så hende
"Cheshire-cat," began Alice, rather timidly
"Cheshire-kat," begyndte Alice temmelig frygtsomt
**"would you please tell me which way I ought to go from
here?"**
"Vil du være så venlig at fortælle mig, hvilken vej jeg skal gå
herfra?"
"In that direction," the cat said
"I den retning," sagde katten
and it waved the right paw around
og den viftede med højre pote rundt
"In that direction lives a maker of hats"
"I den retning bor en hatteskaber"
and then the cat waved its other paw
og så viftede katten med den anden pote
"and in that direction lives a march hare"
"Og i den retning bor en marchhare"
"Visit either you like; they're both mad"
"Besøg hvem du vil; de er begge gale"

"But I don't want to go among mad people," Alice remarked
"Men jeg vil ikke gå blandt gale mennesker," bemærkede Alice
"Oh, you can't help that," said the Cat
"Åh, det kan du ikke gøre for!" sagde katten
"we're all mad here"
"Vi er alle gale her"
"are you playing croquet with the queen today?"
"Spiller du krocket med dronningen i dag?"
"I would like to very much," said Alice
"Det vil jeg gerne," sagde Alice
"but I haven't been invited yet"
"men jeg er ikke blevet inviteret endnu"
"You'll see me there," said the Cat
"Du vil se mig der!" sagde katten
and from one moment to the next the cat vanished
og fra det ene øjeblik til det andet forsvandt katten
soon Alice got in sight of the house of the march hare
snart fik Alice øje på harens hus
this was a very large house
Det var et meget stort hus
so Alice did not want to go near the house
så Alice ønskede ikke at gå i nærheden af huset
first she had to nibble some more of the left side bit of mushroom
Først måtte hun nappe noget mere af den venstre bit af svampen

a mad tea-party
Et vanvittigt teselskab
In front of the house there was a tree
Foran huset var der et træ
and under the tree there was a table
og under træet var der et bord
and the table was set with all sorts of cutlery
og bordet var dækket med alle slags bestik
the march hare and the hat maker were at the table
Marchharen og hattemageren sad ved bordet
and together they were having tea
og sammen drak de te
a dormouse was sitting between them
En dormus sad mellem dem
and the dormouse was fast asleep
og dormusen sov dybt
The table was of extraordinary size
Bordet var af ekstraordinær størrelse
but most of the table was unoccupied
men det meste af bordet var ubeboet
they sat crowded together at one corner of the table
De sad stuvet sammen i et hjørne af bordet
and yet they made excuses when they saw Alice
og alligevel undskyldte de, da de så Alice
"No room! No room!" they cried out
"Ingen plads! Ingen plads!" råbte de
"There's plenty of room!" said Alice indignantly
"Der er masser af plads!" sagde Alice indigneret
at one end of the table there was a large arm-chair
I den ene ende af bordet var der en stor lænestol
and Alice sat herself in the armchair
og Alice satte sig selv i lænestolen
the hat maker opened his eyes very wide
Hattemageren spærrede øjnene op
he couldn't believe what he was seeing
Han kunne ikke tro, hvad han så
but his mind was curious about other things

men hans sind var nysgerrigt efter andre ting
"Why is a raven like a writing-desk?"
"Hvorfor er en ravn som et skrivebord?"
Alice was open to the challenge
Alice var åben for udfordringen
"I'm glad they've begun asking riddles"
"Jeg er glad for, at de er begyndt at stille gåder"
"I believe I can guess that," she added aloud
"Det tror jeg, jeg kan gisne mig til," tilføjede hun højt
The march hare grew curious about Alice
Marchharen blev nysgerrig efter Alice
"Do you really think you can find the answer?"
"Tror du virkelig, at du kan finde svaret?"
"I think I can find the answer indeed," said Alice
"Jeg tror, jeg kan finde svaret," sagde Alice
"Then you should say what you mean," the march hare went on
"Så skal du sige, hvad du mener," fortsatte haren
"I do say what I mean," Alice hastily replied
"Jeg siger, hvad jeg mener," svarede Alice hurtigt
"at the very least I mean what I say"
"i det mindste mener jeg, hvad jeg siger"
"that's the same thing, you know"
"Det er det samme, du ved"
the dormouse also contributed to the conversation
Dormouse bidrog også til samtalen
but the dormouse seemed to be talking in its sleep
men dormus syntes at tale i søvne
"I breathe when I sleep"
"Jeg trækker vejret, når jeg sover"
"I sleep when I breathe!"
"Jeg sover, når jeg trækker vejret!"
"you might as well say they are the same too"
"Du kan lige så godt sige, at de også er ens"
"It is the same thing with you," said the hat maker
"Det er det samme med dig!" sagde hattemageren
and he poured a little tea on the dormouse's nose

og han hældte lidt te på søvnmusens næse
The Dormouse shook its head impatiently
Syvsoveren rystede utålmodigt på hovedet
and again the dormouse spoke, without opening its eyes
og atter talte dormusen uden at åbne øjnene
"Of course, of course it is the same"
"Selvfølgelig, selvfølgelig er det det samme"
"that's just what I was going to say myself"
"Det var bare det, jeg selv ville sige"

The hat maker turned to Alice and asked another question
Hattemageren vendte sig mod Alice og stillede endnu et spørgsmål
"Have you guessed the riddle yet?"
"Har du gættet gåden endnu?"
"No, I give up," Alice conceded
"Nej, jeg giver op," indrømmede Alice
"What's the answer?" she wanted to know
"Hvad er svaret?" ville hun vide
"I haven't the slightest idea," said the hat maker
"Jeg har ikke den ringeste anelse," sagde hattemageren

"Nor do I know," said the march hare
"Det ved jeg heller ikke!" sagde haren
Alice gave a weary sigh
Alice udstødte et træt suk
"there are better uses of time than riddles without answers"
"Der er bedre brug af tid end gåder uden svar"
"have some more tea," the march hare said to Alice, very earnestly
"Tag noget mere te," sagde haren til Alice meget alvorligt
Alice was quite offended by the offer
Alice blev ret fornærmet over tilbuddet
"I've had not had tea yet," Alice replied
"Jeg har ikke drukket te endnu," svarede Alice
"therefore I can't have any more tea"
"derfor kan jeg ikke få mere te"
"You mean you can't have less tea," said the hat maker
"Du mener, at du ikke kan få mindre te," sagde hattemageren
"it's very easy to take more than nothing"
"Det er meget nemt at tage mere end ingenting"
At this, Alice got up and walked off
Da rejste Alice sig og gik sin vej
The dormouse fell asleep instantly
Musen faldt i søvn med det samme
and neither of the others took the least notice of her going
og ingen af de andre tog den mindste notits af, at hun gik
though she looked back once or twice
selvom hun så sig tilbage en eller to gange
they were trying to put the dormouse into the tea-pot
de forsøgte at stikke dormusen i tekanden
"At any rate, I'll never go there again!" said Alice
"Jeg kommer i hvert fald aldrig derhen igen!" sagde Alice
and she walked her way through the woods
og hun gik sin vej gennem skoven
"that was the stupidest tea-party I've ever been to"
"det var det dummeste teselskab, jeg nogensinde har været til"
Just as she said this, she noticed something
Netop som hun sagde dette, bemærkede hun noget

one of the trees had a door leading right into it
et af træerne havde en dør, der førte lige ind i det
"That's very interesting!" she thought
"Det er meget interessant!" tænkte hun
"I think I may as well go through the door"
"Jeg tror, jeg lige så godt kan gå ind ad døren"
And through the door she went
Og gennem døren gik hun
Once more she found herself in the long hall
Endnu en gang befandt hun sig i den lange sal
again she was close to the little glass table
Igen var hun tæt på det lille glasbord
she took the little golden key
Hun tog den lille gyldne nøgle
and she unlocked the door that led into the garden
og hun låste døren op, der førte ud i haven
Then she set to work nibbling at the mushroom
Så gik hun i gang med at nippe til svampen
she had kept a piece of the mushroom in her pocket
Hun havde haft et stykke af svampen i lommen
and finally she was about a metre tall
og til sidst var hun omkring en meter høj
then she walked down the little corridor
Så gik hun ned ad den lille korridor
and then she finally found herself in the beautiful garden
og så befandt hun sig endelig i den smukke have
and she was among the bright flower and the cool fountains
og hun var blandt den strålende blomst og de kølige kilder

The queen's croquet ground
Dronningens kroketbane
A large rose-tree stood near the entrance of the garden
Et stort rosentræ stod ved indgangen til haven
the roses growing on the tree were white
Roserne, der voksede på træet, var hvide
but there were three gardeners painting the rose
men der var tre gartnere, der malede rosen
they were busily painting the roses red
de havde travlt med at male roserne røde
and Alice was watching them paint the roses red
og Alice så dem male roserne røde
and suddenly their eyes chanced to fall upon Alice
og pludselig faldt deres øjne tilfældigvis på Alice
Alice spoke a little timidly
Alice talte lidt frygtsomt
"Would you tell me, please;"
"Vil du fortælle mig det, tak?"
"why are you all painting those roses?"
"Hvorfor maler I alle de roser?"
five and seven said nothing, but looked at two
fem og syv sagde intet, men så på to
two spoke, in a low voice
to talte med lav stemme
"Why, the fact is, you see, madam"
"Jamen, det er en kendsgerning, ser De, frue"
"this here ought to have been a red rose-tree"
"det her skulle have været et rødt rosentræ"
"and we put a white rose-tree in by mistake"
"og vi satte et hvidt rosentræ i ved en fejltagelse"
"as you would agree, the queen must not find out"
"Som du vil være enig i, må dronningen ikke finde ud af det"
"else we would all have our heads cut off"
"Ellers ville vi alle få vores hoveder hugget af"
"So you see, madam, we're doing our best"
"Så ser De, frue, vi gør vores bedste"
card five had been anxiously looking across the garden

Kort fem havde kigget ængsteligt ud over haven
At this moment card five called out, "The queen! The queen!"
I dette øjeblik råbte kort fem: "Dronningen! Dronningen!"
and the three gardeners instantly scurried away
og de tre gartnere skyndte sig straks væk
and they threw themselves flat upon their faces
og de kastede sig fladt ned på deres ansigter
There was a sound of many footsteps
Der lød mange fodtrin
Alice looked around, eager to see the queen
Alice så sig omkring, ivrig efter at se dronningen
At the start of the procession were ten soldiers
Ved processionens begyndelse var der ti soldater
their hands and feet were in the corners
deres hænder og fødder var i hjørnerne
and in their hands and feet were clubs
og i deres hænder og fødder var der køller
next came the ten courtiers
Dernæst kom de ti hoffolk
the courtiers were ornamented all over with diamonds
hoffolkene var overalt prydet med diamanter
After the courtiers came the royal children
Efter hoffolkene kom de kongelige børn
there were ten of the royal children
Der var ti af de kongelige børn
and all the royal children were ornamented with hearts
og alle de kongelige børn var prydet med hjerter
Next came the guests; mostly kings and queens
Dernæst kom gæsterne; for det meste konger og dronninger
and among the kings and queen Alice saw someone
og blandt kongerne og dronning Alice så nogen
she saw again the white rabbit she had chased
Hun så igen den hvide kanin, hun havde jagtet
The procession was followed the knave of hearts
Processionen blev fulgt hjerternes knægt
he was carrying the king's crown

Han bar kongens krone
and the king's crown was on a crimson velvet cushion
og kongens krone var på en karmosinrød fløjlspude
and then came the end of this grand procession
og så kom afslutningen på denne store procession
and there at the end were the king and queen of hearts
og der til sidst var hjerter konge og hjerter dronning
the procession came opposite to Alice
processionen kom over for Alice
and they all stopped and looked at her
og de standsede alle og så på hende
and the queen said severely, "Who is this?"
og dronningen sagde strengt: "Hvem er det?"
She said it to the Knave of Hearts
Hun sagde det til hjerternes knude
but he just bowed and smiled in reply
men han bukkede bare og smilede som svar
Alice spoke very politely
Alice talte meget høfligt
"My name is Alice, so please your majesty"
"Mit navn er Alice, så vær venlig Deres majestæt"
but she had other thoughts to herself
men hun havde andre tanker for sig selv
"they're only a pack of cards, after all!"
"De er trods alt kun en pakke kort!"
"Can you play croquet?" shouted the queen
"Kan du spille kroket?" råbte dronningen
The question was evidently meant for Alice
Spørgsmålet var åbenbart beregnet til Alice
"Yes!" said Alice loudly
"Ja!" sagde Alice højt
"Come play then!" roared the queen
"Kom og spil så!" brølede dronningen
a timid voice spoke to Alice
en frygtsom stemme talte til Alice
"it's a very fine day!"
"Det er en meget smuk dag!"

She was walking by the white rabbit
Hun gik forbi den hvide kanin
and the White Rabbit was peeping anxiously into her face
og den hvide kanin kiggede ængsteligt ind i hendes ansigt
"a very fine day indeed," confirmed Alice
"En meget smuk dag," bekræftede Alice
"Where's the duchess?"
"Hvor er hertuginden?"
"Hush! Hush!" said the Rabbit
"Tys! Tys!" sagde kaninen
"She's under sentence of execution"
"Hun er under henrettelse"
"What is she being executed for?" asked Alice
"Hvad bliver hun henrettet for?" spurgte Alice
"She scuffed the queen's ears," the rabbit began
"Hun skar dronningens ører," begyndte kaninen
the queen shouted in a voice of thunder
Dronningen råbte med tordenstemme
"Get to your places!"
"Kom til dine steder!"
and people began running about in all directions
og folk begyndte at løbe rundt i alle retninger
and they all tumbled up against each other
og de faldt alle op mod hinanden
However, they got settled down in a minute or two
De fik dog afklaret sig i løbet af et minut eller to
and then the game began
og så begyndte spillet
Alice had never seen such a curious croquet ground
Alice havde aldrig set en så mærkelig kroketbane
the grass was all ridges and furrows
græsset var kun kamme og furer
The croquet balls were real hedgehogs
Kroketkuglerne var rigtige pindsvin
and the mallets were real flamingos
og køllerne var rigtige flamingoer
and the soldiers stood on their hands and feet

og soldaterne stod på hænder og fødder
because the arches was made from their bodies
fordi buerne blev lavet af deres kroppe
The players all played at once
Spillerne spillede alle på én gang
nobody waited for their turns
Ingen ventede på deres tur
and everyone quarrelled with everyone
og alle skændtes med alle
and all were fighting for the hedgehogs
og alle kæmpede for pindsvinene
soon the queen was in a furious passion
Snart var dronningen rasende lidenskabelig
and she started stamping about and shouting
og hun begyndte at stampe rundt og råbe
"Chop off his head!"
"Hug hovedet af ham!"
"Chop off her head!"
"Hug hovedet af hende!"
"Chop all their heads off!"
"Hug alle hovederne af dem!"
Again Alice thought to herself
Igen tænkte Alice ved sig selv
"They're dreadfully fond of beheading people here"
"De er frygtelig glade for at halshugge folk her"
"the great wonder is that there's anyone left alive!"
"Det store under, at der er nogen tilbage i live!"
She was looking about for some way of escape
Hun så sig om efter en flugt
she noticed a curious appearance in the air
Hun bemærkede et mærkeligt udseende i luften
"It's the Cheshire-cat," she said to herself
"Det er Cheshire-katten," sagde hun til sig selv
"now I shall have somebody to talk to"
"nu vil jeg have nogen at tale med"
"How are you getting on?" said the cat
"Hvordan går det?" sagde katten

"I don't think they play at all fairly," Alice said
"Jeg synes slet ikke, de spiller retfærdigt," sagde Alice
and she had a rather complaining tone
og hun havde en temmelig klagende tone
"they all quarrel so dreadfully"
"De skændes alle så forfærdeligt"
"one can't hear oneself speak"
"Man kan ikke høre sig selv tale"
"and they don't seem to play by any rules"
"Og de ser ikke ud til at spille efter nogen regler"
the cat asked Alice a question in a low voice
katten stillede Alice et spørgsmål med lav stemme
"How do you like the queen?"
"Hvordan kan du lide dronningen?"
"I don't like her at all," said Alice
"Jeg kan slet ikke lide hende," sagde Alice

Alice thought she might as well go back
Alice tænkte, at hun lige så godt kunne gå tilbage
she wanted to see how the game was going
Hun ville se, hvordan det gik med spillet
she went off in search of her hedgehog
Hun gik ud for at lede efter sit pindsvin
The hedgehog was busy fighting another hedgehog
Pindsvinet havde travlt med at kæmpe mod et andet pindsvin
this was an excellent opportunity
Dette var en glimrende mulighed
she could croquet one hedgehog with the other
Hun kunne kroke det ene pindsvin med det andet
but her flamingo was on the other side of the garden
men hendes flamingo var på den anden side af haven
the flamingo was rather clumsy
Flamingoen var temmelig klodset
her flamingo was trying to fly up into a tree
hendes flamingo forsøgte at flyve op i et træ
She caught the flamingo by the leg
Hun fangede flamingoen i benet
and she tucked the flamingo away under her arm
og hun gemte flamingoen væk under armen
that way the flamingo couldn't escape again
På den måde kunne flamingoen ikke flygte igen
Just then Alice happened to meet the duchess
Netop da mødte Alice tilfældigvis hertuginden
The duchess was now out of prison
Hertuginden var nu ude af fængslet
She tucked her arm affectionately under Alice's arm
Hun lagde sin arm kærligt under Alices arm
and then they walked off together
og så gik de sammen
Alice was very glad to find her in such a pleasant temper
Alice var meget glad for at finde hende i et så behageligt
humør
She was a little startled, however
Hun blev dog lidt forskrækket

she heard the voice of the duchess close to her ear
Hun hørte hertugindens stemme tæt ved sit øre
"You're thinking about something, my dear"
"Du tænker på noget, min kære"
"and that makes you forget to talk"
"Og det får dig til at glemme at tale"
"The game's going on rather better now," Alice said
"Spillet går noget bedre nu," sagde Alice
it was one way of keeping the conversation going
det var en måde at holde samtalen i gang på
"it is so indeed," said the duchess
"Det er sandelig sådan," sagde hertuginden
"and the moral of that is this:"
"Og moralen i det er denne:"
"It is love that does it all!"
"Det er kærligheden, der gør det hele!"
"Love is what makes the world go around"
"Kærlighed er det, der får verden til at gå rundt"
Alice had another explanation
Alice havde en anden forklaring
"it's done by everybody minding his own business!"
"Det gøres ved, at alle passer sine egne sager!"
"Ah, well! You could be right"
"Åh, ja! Du kan have ret"
"It all means much the same thing," said the Duchess
"Det betyder alt sammen meget det samme," sagde
hertuginden
and she dug her sharp little chin into Alice's shoulder
og hun gravede sin skarpe lille hage ind i Alices skulder
"and the moral of that is this"
"Og moralen i det er denne"
"Take care of the sense"
"Pas på sansen"
"and then the sounds will take care of themselves"
"Og så vil lydene passe sig selv"
but then the duchess's arm began to tremble
men så begyndte hertugindens arm at skælve

Alice looked up and there stood the queen
Alice kiggede op, og der stod dronningen
the queen had her arms folded
Dronningen havde armene foldet
and she was frowning like a thunderstorm!
og hun rynkede panden som et tordenvejr!
"I give you fair warning," shouted the queen
"Jeg giver dig en rimelig advarsel," råbte dronningen
and she stomped on the ground as she spoke
og hun trampede på jorden, mens hun talte
"either your head or her head must be off"
"enten skal dit hoved eller hendes hoved være slukket"
"Take your choice!"
"Tag dit valg!"
"and be quick about it"
"og vær hurtig til det"
The duchess made her choice
Hertuginden traf sit valg
and within a moment the duchess was gone
og inden for et øjeblik var hertuginden væk
Then the queen spoke to Alice
Så talte dronningen til Alice
"Let's go on with the game"
"Lad os fortsætte med spillet"
Alice was too frightened to say a word
Alice var for bange til at sige et ord
and she slowly followed her back to the croquet-ground
og hun fulgte hende langsomt tilbage til kroketbanen
the whole time the queen quarrelled with the other players
hele tiden skændtes dronningen med de andre spillere
"Chop off his head!"
"Hug hovedet af ham!"
"Chop off her head!"
"Hug hovedet af hende!"
"Chop all their heads off!"
"Hug alle hovederne af dem!"
soon all the players were in custody

Snart var alle spillerne varetægtsfængslet
only the king, the queen, and Alice remained
kun kongen, dronningen og Alice blev tilbage
Then the queen left, quite out of breath
Så gik dronningen, ganske forpustet
and she walked away with Alice
og hun gik væk med Alice
Alice heard the king quietly say something
Alice hørte kongen stille sige noget
"You are all pardoned"
"I er alle tilgivet"
but suddenly there was another cry heard
men pludselig hørtes der endnu et skrig
"The trial is beginning!"
"Retssagen begynder!"
and Alice ran along with the others
og Alice løb sammen med de andre

who stole the tarts?

Hvem stjal tærterne?

The king and queen of hearts were seated

Hjerter konge og hjerter dame sad

they were on their throne when Alice arrived

de sad på deres trone, da Alice ankom

there was a great crowd assembled around them

der var en stor skare samlet omkring dem

there were all sorts of little birds and beasts

der var alle mulige små fugle og dyr

and there was the whole pack of cards

og der var hele pakken med kort

the knave was standing in front of them, in chains

knægten stod foran dem, i lænker

and there was a soldier on each side to guard him

og der var en soldat på hver side til at vogte ham

near the King was the white rabbit

nær kongen var den hvide kanin

he had a trumpet in one hand

han havde en trompet i den ene hånd

and he had a scroll of parchment in the other hand

og han havde en pergamentrulle i den anden hånd

In the very middle of the court was a table

Midt på banen var der et bord

on the table was a large dish of tarts

På bordet lå et stort fad med tærter

"I wish they'd get the trial done," Alice thought

"Jeg ville ønske, at de ville få retssagen overstået," tænkte
Alice

"then we could eat some of those refreshments!"

"Så kunne vi spise nogle af de forfriskninger!"

The judge, by the way, was the king
Dommeren var i øvrigt kongen
and he wore his crown over his great wig
og han bar sin krone over sin store paryk
"That's the jury-box," thought Alice
"Det er juryboksen," tænkte Alice
"and those twelve creatures, I suppose they are the jurors"
"og de tolv skabninger, jeg formoder, at de er nævningene"
some were animals, and some were birds
nogle var dyr, og nogle var fugle
Just then the white rabbit cried out
I samme øjeblik råbte den hvide kanin
"Silence in the court!"
"Stilhed i retten!"
"Herald, read the accusation!" said the king
"Herold, læs anklagen!" sagde kongen
the white rabbit blew three blasts on the trumpet
Den hvide kanin blæste tre stød på trompeten
then he unrolled the parchment-scroll

Så rullede han pergamentrullen ud

and he read as follows:

og han læste følgende:

"The queen of hearts, she made some tarts,"

"Hjerter dronning, hun lavede nogle tærter,"

"All this she did on a summer day"

"Alt dette gjorde hun på en sommerdag"

"The knave of hearts, he stole those tarts"

"Hjerternes knægt, han stjal de tærter"

"And he took those tarts far away!"

"Og han tog de tærter langt væk!"

"Call the first witness," said the king

"Kald det første vidne!" sagde kongen

and the white rabbit blew three blasts on the trumpet

og den hvide kanin blæste tre stød på trompeten

"bring the first witness!" he called out

"Bring det første vidne!" råbte han

The first witness was the hat maker

Det første vidne var hattemageren

he came in with a teacup in one hand

Han kom ind med en tekop i den ene hånd

and he had a piece of bread and butter in the other hand

og han havde et stykke brød og smør i den anden hånd

"You ought to have finished," said the King

"Du burde være færdig," sagde kongen

"When did you begin?"

"Hvornår begyndte du?"

The hat maker looked at the march hare

Hattemageren kiggede på haren

the march hare had followed him into the court

Marchharen havde fulgt ham ind i gården

he had walked arm in arm with the dormouse

Han havde gået arm i arm med Dormouse

"Fourteenth of March, I think it was," he said

"Fjortende marts, tror jeg, det var," sagde han

"Give your evidence," said the king

"Afgiv dit vidnesbyrd," sagde kongen

"and don't be nervous, or I'll have you executed on the spot"
"og vær ikke nervøs, ellers får jeg dig henrettet på stedet"
This did not seem to encourage the witness at all
Dette syntes ikke at opmuntre vidnet overhovedet
he kept shifting from one foot to the other
Han blev ved med at skifte fra den ene fod til den anden
and he looked uneasily at the queen
og han så uroligt på dronningen
and, in his confusion, he bit a large piece out of his teacup
og i sin forvirring bed han et stort stykke ud af sin tekop
really he meant to bite from his bread and butter
i virkeligheden havde han tænkt sig at bide af sit brød og smør
Just at this moment Alice felt a very curious sensation
Netop i dette øjeblik følte Alice en meget mærkelig
fornemmelse
she was beginning to grow larger again
Hun begyndte at vokse sig større igen
The miserable hat maker dropped his teacup
Den elendige hattemager tabte sin tekop
and the bread and butter fell to the ground
og brødet og smørret faldt til jorden
and he went down on one knee
og han faldt ned på knæ
"I'm a poor man, your majesty," he began
"Jeg er en fattig mand, Deres majestæt," begyndte han
"You're a very poor speaker," said the king
"Du er en meget dårlig taler!" sagde kongen
"You may go," said the king
"Du kan gå," sagde kongen
and the hat maker hurriedly left the court
og hattemageren skyndte sig at forlade gården
"Call the next witness!" said the king
"Kald det næste vidne!" sagde kongen
The next witness was the duchess's cook
Det næste vidne var hertugindens kok
She carried the pepper-box in her hand
Hun bar peberkassen i hånden

and the people near the door began sneezing all at once
og folkene ved døren begyndte at nyse på én gang
"Give your evidence," said the king
"Afgiv dit vidnesbyrd," sagde kongen
"I shall give no evidence," said the cook
"Jeg vil ikke give noget vidnesbyrd," sagde kokken
The king looked anxiously at the white rabbit
Kongen så ængsteligt på den hvide kanin
and the white rabbit spoke in a quiet voice
og den hvide kanin talte med stille stemme
"your majesty must cross-examine this witness"
"Deres Majestæt må krydsforhøre dette vidne"
"Well, if I must, I must," the king said
"Nå, hvis jeg skal, så må jeg," sagde kongen
"What are tarts made of?"
"Hvad er tærter lavet af?"
"tarts are made of pepper, mostly," said the cook
"Tærter er for det meste lavet af peber," sagde kokken
For some minutes the whole court was in confusion
I nogle minutter var hele retten forvirret
eventually they all settled down again
Til sidst faldt de alle til ro igen
but by then the cook had disappeared
Men på det tidspunkt var kokken forsvundet
"Never mind!" said the king
"Pyt med det!" sagde kongen
"call to the stand the next witness"
"Kald det næste vidne til tilhørerpladsen"
Alice watched the white rabbit as he fumbled over the list
Alice betragtede den hvide kanin, mens han fumlede hen over
listen
you can imagine her surprise at what she heard next
Du kan forestille dig hendes overraskelse over, hvad hun
hørte næste gang
at the top of his shrill little voice, he called the name "Alice!"
på toppen af sin skingre lille stemme kaldte han navnet
"Alice!"

Alice's evidence
Alices vidneudsagn

"Here!" cried Alice

"Her!" råbte Alice

She jumped up in a great hurry

Hun sprang op i en stor fart

and she tipped over the jury-box

og hun væltede juryboksen

and she knocked over all the jurymen

og hun væltede alle nævningene

and they fell on to the heads of the crowd below

og de faldt ned til hovederne på mængden nedenunder

Alice was in great dismay

Alice var meget forfærdet

"Oh, I beg your pardon!" she exclaimed

"Åh, jeg beder Dem undskylde!" udbrød hun

"The trial cannot proceed," said the king

"Retssagen kan ikke fortsætte," sagde kongen

"the jurymen must get back in their proper places"

"Nævningene må komme tilbage på deres rette pladser"

he repeated the order with great emphasis

Han gentog ordren med stor eftertryk

and he looked at Alice sternly

og han så strengt på Alice

"What do you know about these events?" the king asked Alice

"Hvad ved du om disse begivenheder?" spurgte kongen Alice

"I know nothing on the subject," said Alice

"Jeg ved intet om emnet," sagde Alice

The king then read from his book

Kongen læste derefter op af sin bog

"Rule forty two"

"Regel toogtyve"

"All persons more than a mile high are to leave the court"

"Alle personer, der er mere end en kilometer høje, skal forlade retten"

"I'm not a mile high," said Alice
"Jeg er ikke en kilometer høj," sagde Alice
"Nearly two miles high," said the Queen
"Næsten to mil høj," sagde dronningen

"Well, I refuse to go," said Alice
"Nå, men jeg nægter at gå," sagde Alice
The king turned pale
Kongen blev bleg
and he shut his note-book hastily
og han lukkede hurtigt sin notesbog
"Consider your verdict," he said to the jury
"Overvej din dom," sagde han til juryen
he spoke in a low, trembling voice
Han talte med lav, skælvende stemme
then the white rabbit spoke
Så talte den hvide kanin
"There's more evidence to come yet"
"Der er flere beviser på vej endnu"
and he jumped up in a great hurry

og han sprang op i en stor fart
"This paper has just been picked up"
"Denne artikel er lige blevet samlet op"
"It seems to be a letter written by the prisoner"
"Det ser ud til at være et brev skrevet af fangen"
He unfolded the paper as he spoke
Han foldede papiret ud, mens han talte
"It isn't a letter, after all"
"Det er trods alt ikke et brev"
"what it was was a set of verses"
"Hvad det var, var en række vers"
"Please, your majesty," said the knave
"Vær så venlig, Deres Majestæt," sagde knægten
"I didn't write those verses"
"Jeg skrev ikke de vers"
"and they can't prove that I wrote anything"
"og de kan ikke bevise, at jeg har skrevet noget"
"there's no name signed at the end"
"Der er ikke noget navn underskrevet til sidst"
the king spoke to the knave
Kongen talte til knægten
"You must have meant to cause some mischief"
"Du må have ment at lave noget ballade"
"else you'd have signed your name like an honest man"
"ellers ville du have underskrevet dit navn som en ærlig mand"
There was a general clapping of hands
Der var en generel klap i hænderne
and the king turned to the white rabbit
og kongen vendte sig mod den hvide kanin
"Read the verses," he ordered
"Læs versene," beordrede han
There was dead silence in the court
Der var død tavshed i retten
and the white rabbit read out the verses
og den hvide kanin læste versene op
They told me you had been to her

De fortalte mig, at du havde været hos hende
And they mentioned me to him
Og de nævnte mig for ham
She gave me a good character
Hun gav mig en god karakter
But she said I could not swim
Men hun sagde, at jeg ikke kunne svømme
He sent them word I had not gone
Han sendte dem besked om, at jeg ikke var gået
We know it to be true
Vi ved, at det er sandt
If she should push the matter on, what would become of you?
Hvis hun skulle skubbe sagen videre, hvad ville der så blive af dig?
I gave her one, they gave him two
Jeg gav hende en, de gav ham to
You gave us three or more
Du gav os tre eller flere
They all returned from him to you
De vendte alle tilbage fra ham til dig
although they were mine before
selvom de var mine før
If I or she should chance to be
Hvis jeg eller hun skulle tilfældigvis blive
If I or she were involved in this affair
Hvis jeg eller hun var involveret i denne affære
He trusts to you to set them free
Han stoler på, at du vil sætte dem fri
Exactly as we were
Præcis som vi var
My notion was that you had been
Min forestilling var, at du havde været
Before she had this fit
Før hun fik dette anfald
An obstacle that came between
En forhindring, der kom mellem

Him, and ourselves, and it
Ham og os selv og det
Don't let him know she liked them best
Lad ham ikke vide, at hun bedst kunne lide dem
For this must for ever be a secret, kept from all the rest
For dette må for altid være en hemmelighed, der holdes skjult
for alle de andre
This secret must remain a secret between yourself and me
Denne hemmelighed skal forblive en hemmelighed mellem
dig og mig
the king was very impressed
Kongen var meget imponeret
**"That's the most important piece of evidence we've heard
yet"**
"Det er det vigtigste bevis, vi har hørt endnu"
**"I don't believe those verses carry an atom of meaning,"
objected Alice**
"Jeg tror ikke, at disse vers har et atom af mening," indvendte
Alice
the King had his own opinion on the matter
kongen havde sin egen mening om sagen
**"If there's no meaning in those words, that saves a world of
trouble"**
"Hvis der ikke er nogen mening i de ord, redder det en verden
af problemer"
"then we needn't try to find the meaning"
"Så behøver vi ikke at prøve at finde meningen"
"Let the jury consider their verdict"
"Lad juryen overveje deres dom"
"No, no!" said the queen
"Nej, nej!" sagde dronningen
"Sentencing first—verdict afterwards"
"Strafudmåling først – dom bagefter"
"Stuff and nonsense!" said Alice loudly
"Ting og vrøvl!" sagde Alice højt
"how silly it is to sentence the defendant first!"
"Hvor er det dumt at dømme den tiltalte først!"

"Hold your tongue!" said the queen, turning purple
"Hold mund!" sagde dronningen og blev purpurrød
"I will not hold my tongue!" said Alice
"Jeg vil ikke holde mund!" sagde Alice
the queen shouted at the top of her voice
Dronningen råbte af højeste stemme
"chop off her head!"
"Hug hovedet af hende!"
Nobody made a movement
Ingen lavede en bevægelse
"Who cares what you say?" said Alice
"Hvem bekymrer sig om, hvad du siger?" sagde Alice
she had grown to her full size by this time
Hun var vokset til sin fulde størrelse på dette tidspunkt
"You're nothing but a pack of cards!"
"Du er ikke andet end en pakke kort!"
At this, all the cards rose up in the air
På dette steg alle kortene op i luften
and all the cards came flying down upon her

og alle kortene kom flyvende ned over hende
she gave a little scream
Hun gav et lille skrig fra sig
she was half afraid, but also angry
hun var halvt bange, men også vred
and she tried to fight the cards off of herself
og hun forsøgte at kæmpe kortene af sig selv
and then she found herself lying on the grass bank
og så fandt hun sig selv liggende på græsbanken
her head was in the lap of her sister
hendes hoved lå i skødet på sin søster
some dead leaves had landed on her face
nogle døde blade var landet på hendes ansigt
and her sister was gently brushing the leaves away
og hendes søster børstede forsigtigt bladene væk
"Wake up, Alice dear!" said her sister
"Vågn op, kære Alice!" sagde hendes søster
"what a long sleep you've had!"
"Sikke en lang søvn, du har haft!"
"Oh, I've had such a curious dream!" said Alice
"Åh, jeg har haft sådan en mærkelig drøm!" sagde Alice
And she told her sister all she could remember
Og hun fortalte sin søster alt, hvad hun kunne huske
all the strange adventures that you have just been reading about
Alle de mærkelige eventyr, som du lige har læst om
Alice got up and ran off
Alice rejste sig og løb væk
and she thought, while she ran, about her dream
og hun tænkte, mens hun løb, på sin Drøm
"what a wonderful dream it had been!"
"Hvilken vidunderlig drøm det havde været!"